감정의 혼란

슈테판 츠바이크 소설시리즈 5

감정의 혼란

초판 1쇄 인쇄 2022년 11월 11일
초판 1쇄 발행 2022년 11월 18일

—

지은이 슈테판 츠바이크
옮긴이 김선형
펴낸이 이방원
편 집 송원빈·김명희·안효희·정조연·정우경·박은창
디자인 박혜옥·손경화·양혜진 **마케팅** 최성수·김 준·조성규

—

펴낸곳 세창미디어

　　　　신고번호 제2013-000003호
　　　　주소 03736 서울특별시 서대문구 경기대로 58 경기빌딩 602호
　　　　전화 723-8660 팩스 720-4579 이메일 edit@sechangpub.co.kr
　　　　홈페이지 http://www.sechangpub.co.kr 블로그 blog.naver.com/scpc1992
　　　　페이스북 fb.me/Sechangofficial 인스타그램 @sechang_official

—

ISBN 978-89-5586-746-6 03850

STEFAN

감정의 혼란

ZWEIG

슈테판 츠바이크 소설시리즈 **5**

김선형 옮김

세창미디어
MEDIA

*Verwirrung der
Gefühle*

감정의 혼란

CONTENTS

추밀고문관 R. v. D.의 개인적 수기

나의 60세 생일과 30년 교수 경력을 축하하는 기념 논문집 중 첫 번째 권을 문헌학자들이 훌륭하게 제본하여 엄숙하게 나에게 헌정한 것을, 대학의 나의 제자들과 동료 교수들은 훌륭하다고 평가하였다. 하나의 진정한 전기傳記가 완성되었던 것이다. 즉 소논문, 축사, 학회지에 실린 그다지 중요하지 않은 비평들까지 포함한 저서가 완성된 것이다. 그러나 출판 서지학적으로 열심히 정리해도 종이로 된 무덤과 같은 논문집에서 한 사람의 진실된 기록을 빼 올 수는 없으리라. ─ 그곳에는 나의 전체적인 완성 과정이 마치 잘 정리된 계단처럼 깨끗하고 명료하게, 그리고 현재의 상태에 이르기까지 단계별로 구축되어 있었다. 그러나 사실 나는 감사한 마음을 가질 수 없었고, 이 감동을 줄 정도의 철저함에 대해 기뻐할 수 없었다. 내가 살아왔던 삶과 잊어버렸다고 생각했던 것이 이 형상 속에 하나가 되고 정돈되어 되돌아왔을까? 그렇지는 않다. 그러나 나이 든 내가 한때 학생의 신분으로 스승의 학문에 대한 능력과 의지에 대해 처음으로 표명했던 증거를 보듯, 그 논문들을 똑같은 긍지를 가지고 보았다는 사실을 부정할 수는 없을 것이다.

나는 200페이지가량 되는 정성 가득한 저서를 훑어보았고 나의 정신적 투영상을 꼼꼼하게 살펴보고는 미소를 지을 수밖에 없었다. 여기 종이로 된 저서에 전기 작가가 적당히 쌓아 올린 것처럼, 처음부터 오늘날까지의 꼬불꼬불하지만 많은 목표를 보여 주는 편안한 길 위에 나타나는 것이 정말 나의 삶이란 말인가? 그것은 축음기에서 내 목소리를 처음 들었을 때, 내가 받은 느낌과도 같은 것이었다. 나는 처음에는 그 목소리를 인식하지 못했다. 왜냐하면 그것은 나의 목소리였지만, 다른 사람들이 나의 목소리를 들은 것처럼, 나 스스로 나의 혈관을 통해 그리고 나의 존재의 내면에서 들어 보지 않은 나의 목소리였기 때문이다. 그들의 작품에 등장하는 인간들을 표현하고, 그들 세계의 정신적 구조를 실체화하는 데 익숙해졌던 나는 모든 운명 속에서 실제적 본질의 핵심이, 모든 성장이 드러나는 조형적인 세포가 알 수 없는 것이라는 것을 나 자신의 체험으로 다시 지각하였다. 그것은 우리는 수많은 순간을 체험하며, 순간만이 유일하게 전체 내면세계를 확장시킨다는 점이다. (스탕달이 말했듯이)[1] 꽃의 내부로 모든 수액이 침투되는 순간에 구체화가 이루어지는 것이다. 어떤 마술적 순간은 생식의 결정적 순간과 같이, 사신의 삶의 따뜻한 내면에서 보이지 않고, 지각할 수 없고, 느낄 수도 없지만 유일하게 체험된 비밀이다. 정신의 학문이라는 대수학과 예지력을 주는 연금술도 이 결정적인 순간에 대한 정답을 말할 수 없는 것이고, 드물게나마 자신의 감정이 그것을 알아낼 수 있는 것이다.

이 저서는 나의 정신적 삶이 성장하는 과정에서 가장 비밀스러운 것에 대해서는 이야기하지 않았다. 그러기에 나는 웃을 수밖에 없었다. 모든 것이 그 안에 있지만 ― 본질적인 것만은 빠져 있다. 그것은 나에 대해 묘사하지만, 나에게 아무 말도 하지 않았다. 그것은 나에 대해서 이야기하지만 나에 대해 발설하지 않는다. 200명의 이름이 조심스럽

---

1   츠바이크는 그의 저서 『자서전으로 본 세 명의 작가. 카사노바, 스탕달 그리고 톨스토이』*Drei Dichter ihres Lebens: Casanova, Stendhal, Tolstoi*』(1928)에서 스탕달Stendhal(1783~1842)의 자서전을 두고 '순간을 찍는 사진작업처럼 묘사'한다고 평가한다.

게 정리되어 있다 — 창조적인 추진력에서 출발하여, 나의 운명을 결정했고 갑절의 힘으로 나로 하여금 나를 청춘 시절로 소환했던, 어떤 남자의 이름만이 빠져 있다. 모든 이에 대해 언급하지만, 나에게 언어를 부여하고 그의 숨결 속에서 이야기한 그 사람만이 빠져 있다. 갑자기 나는 이렇게 비겁하게 침묵하는 것을 죄로 느낀다. 나는 일평생 인간의 초상화들을 그려 왔다. 수백 년 동안 형상화되었던 것을 지금의 감정을 위해 다시 불러일으켰지만, 나는 최근의 감정을, 그의 감정을, 한번도 생각하지 않았다. 이미 오래전에 노쇠한 사람이 늙어 가는 내 옆에서 이야기하도록 하기 위해, 그리운 그림자 같은 그에게 호메로스 시대에는 자신의 기질에 대해 어떻게 처리하는지를 말해 주려 한다. 나는 어떤 침묵하는 면을 밝히려 한다. 나는 학문적 저서와 나 자신 외에 나의 감정을 고백하고 그를 위해서 나의 청춘의 진실을 이야기하려 한다.

시작하기 전에, 나는 나의 삶을 설명해 주는 그 저서를 다시 한번 훑어보았다. 그리고 다시 나는 미소를 지을 수밖에 없었다. 왜냐하면 그들이 나의 본질의 내면에 진실하게 다가가려 했다면, 그들은 잘못된 선택을 한 것이기 때문이다. 이미 첫 단추가 잘못 끼워진 것이다. 현재 추밀고문관이 된 호의적인 한 동창이 이미 김나지움에서 내가 그 어떤 다른 학생들보다 인문학에 대해 열정적인 애착을 가지고 있었다고 허풍 떨기 시작했다.

"친애하는 추밀고문관, 그대가 잘못 기억한 거야. 나에게는 모든 인문학이 참기 힘들고, 이를 갈 정도로 격노를 일으키는 강요를 뜻하는 것이었어."

왜냐하면 나는 독일의 북쪽에 위치한 한 작은 도시의 총장의 아들로서, 식탁과 방에서부터 교양이 생계를 위한 것으로 행해지는 것을 보았기 때문이다. 나는 어린 시절부터 모든 인문학자들을 증오했었다. 항상 신비한 과제에 걸맞게 창조적인 것을 유지하려는 본성은 아이로 하여금 아버지의 성향에 대한 반항과 조롱하게 만든다. 본성은 편안하거나 무기력하게 계승되거나, 한 세대에서 다른 세대로 단순히 확장하며 진행되는 것을 원하지 않는 것이다. 본성은 같은 세대 사이에는 대립하는 것이지만, 힘겹지만 결실이 많은 우회로를 지난 후에는 선조가 겪었던 궤도 속으로 후손들이 진입하는 것을 허용하는 것이다. 나의 아버지는 학문은 성스러운 것이라 말씀하시지만, 나의 자아는 그런 학문이 관념적 궤변이라고 느꼈다. 아버지는 고전을 모범이라 칭송하셨기 때문에, 그것은 일견 나에게 교육적으로 보이기도 했지만 그러기에 증오스러웠다. 책으로 둘러싸여 있었지만 나는 책들을 경멸했다. 나는 아버지의 정신적 관점으로 압박을 받았지만, 문자로 전승되어 온 교양의 모든 형태에 대해 반항했다. 그러한 상황은 고등학교 졸업시험 때까지 나를 사로잡았고, 계속 공부하기를 격렬하게 거부했던 것은 놀라운 일이 아니었다. 나는 군인, 선원이나 기술자가 되고자 했다. 이런 직업들은 나에게 강요하거나 압박하지 않았다. 학문적 저서들과 교육학에 대한 혐오는 학술적인 일을 하는 대신에 실용적이고 ─ 활동적인 일을 하게 만들었다. 나의 아버지는 특히 대학에서의 학문적인 양성에 대해 가공할 만한 경외심을 가진 터라 나는 마음이 약해져, 고전 인문학 대신 영문학과에 진학하는 것을 허락받는 데 성공하였다(나는 항해상의 언어에 대한 지식을 가지고 있으면, 끝없이 동경하던 선원이 되는 것이 보다 쉬울 것이라는 은밀한 속셈을 가지고 혼합적 해결책을 받아들였다).

그러기에 호의에 넘친 주장을 하기보다는 그 이력을 추적해 보는 것이 더 옳은 것이다. 나는 베를린에 있는 대학교의 첫 학기에 교수들의 지도를 받아 문헌학의 기초를 다질 수 있었다. ─ 내가 격렬하게 내뱉는 자유의 열정은 당시에 강의들과 강사들에 대해 무엇을 알고 있었나! 대형 강의실에 처음으로 잠시 들어가 보니 편협한 분위기가 압도적이었고, 목사님의 설교처럼 지루하고 동시에 거만한 강의는 나를 피곤하게 했다. 그래서 나는 전력을 다할 수밖에 없었고, 졸리지는 않았지만 머리를 의자에 기대고 있었다. ─ 그곳은 내가 높은 강단과 함께, 꼬치꼬치 캐묻고 자질구레한 일들을 억지스럽게 끌고 가는 강의실에서 빠져나오면 행복했던 바로 그 학교였다. 추밀고문관의 살짝 열린 입술 사이로 모래가 흘러나와 가루가 되고, 찢어진 노트의 단어가 무거운 대기 속으로 떨어지는 것 같다는 생각이 저절로 들었다. 무심한 손으로 죽은 사람을 해부하면서 이리저리 접촉하였던 정신이라는 관 속으로 빠지게 되지 않을까 하는 의구심을 가지게 되었던 그 어린 학생은, 이미 중고품이 된 진부한 학문이 이루어지는 공간에서 끔찍하지만 원기를 회복했다. ─ 내가 간신히 견뎌 낸 수업 시간이 끝나서 도시의 거리로 나오자, 거부하는 본능이 얼마나 격렬해졌던지! 자신들의 경제 성장에 스스로 놀라워하던 당시 베를린은, 너무도 갑작스럽게 성장한 남성성으로 충만해 있었고, 모든 돌과 거리에서 전율적 에너지가 뿜어져 나오고, 뜨겁게 약동하는 속도감이 모두에게 거부할 수 없도록 강요되었다. 그것은 축적된 욕망과 함께, 내가 가진 고유의, 비로소 인지되었던 남성성의 도취와 유사한 것이었다. 도시와 나는 신교도적인 규범에 맞는 제한적인 소시민성에서 갑자기 시작하였지만, 권력과 가능성이라는 새로운 도취의 세계로 재빠르게 빠져들었다. ― 도시와 이제 막 시작하는 젊은이인 나는 불안과 초조의 발전기처럼 작동하기 시작하였다. 나는 당시의 베를린을 절대 이해할 수 없었지만 그토록 사랑했다. 사람들이 넘쳐 나오는 벌집과 같은 도시에서, 나의 모든 세포가 갑자기 확장되어 ―청춘의 엄청난 조바심이, 조급하지만 힘이 넘쳐흐르는 도시, 꿈틀거리는 거대한 여성의 품으로 자리 잡을 수 있는 것 같았다. 갑작스럽게 도시는 나의 내면을 열어젖혔고, 나는 그 안으로 들어갔다. 도시는 나의 혈관 속으로 가라앉았고, 나의 호기심은 돌처럼 차가우면서도 따뜻한 도시의 중심부를 급하게 돌아다녔다 — 아침 일찍부터 밤까지 나는 시내를 바삐 돌아다녔다. 호수도 방문하고 그곳의 은신처도 찾아갔다. 나는 대학공부에 신경 쓰기보다는 마치 신들린 듯이 탐색하여 알아내는 생동감 있고 모험적인 일에 빠져들었다. 과할 정도로 그런 일에 몰두하면서 나는 나의 본성의 특성에 따랐다. 어렸을 때부터 동시에 두 가지 일을 못하는 나는 다른 일에는 별다른 감정을 느끼지 못했다. 그리고 항상 열정을 가지고 한 방향으로 직진하는 경향이 있어서, 오늘날의 나의 논문도 대부분 그렇게 열정적으로 한 문제에 천착하고 있다. 그래서 어떤 문제의 핵심이 절실하지 않다고 느끼기 전에는, 나는 그 문제를 단념하지 않는 것이다.

당시에 베를린은 자유라는 감정에 너무나도 과도하게 도취한 상태가 되어 있었기에, 나 역시 수업 때문에 일시적으로 세상에서 격리되거나 나의 좁은 방에 머물러 있어야 하는 것을 참지 못하였다. 모험을 할 수 없는 모든 상황이 나에게 실수를 의미하는 것 같았다. 풋내기이자, 굴레에서 벗어난 시골의 한 어린아이가 제대로 남성적이라 간주되고자 강압적으로 스스로 잘못된 길을 택하였다. 나는 수업에 참여하면서 나의 (사실은 소심한) 본질에 약간 대담하고, 활기차고, 방탕한 성향을 부여하려 하였다. 대도시의 사람들과 대독일[2]인에게 일주일 만에 적응이 되자마자, 카페의 모퉁이에서 허풍선이가 되어 아연실색할 정도로 재빠르게 버릇없고 거친 일을 배웠다. 남성의 영역에는 당연히

---

2 대독일: 오스트리아와 독일을 합한 것을 의미한다.

여성들이 포함되는 것이다. ―아니, 우리와 같은 대학생들의 교만에 찬 표현에 의하면 계집이 포함되는 것이다― 그리고 나는 큰 키에 날씬하며, 붉은색의 머릿결, 생동감 있는 뺨, 유연한 움직임을 가진 눈에 띄게 잘생긴 학생이었다. 나는 다른 사람들과 마찬가지로 일요일마다 베를린의 할렌제[3]와 훈데켈레의 클럽[4](당시에는 시내 외곽 멀리 떨어진 곳이었다)으로 약탈하러 갔던 청어처럼 방에서 건조되어 가는 핏기 없는 수습 점원에 비해서는 쉬운 놀이를 찾아냈다. 얼마 되지 않아 나는 휴가를 맞아 고향에 가기 전에 춤에 푹 빠진 우윳빛깔의 피부를 지닌 메클렌부르크 출신의 하녀를 우리 악당 모임으로 유인하였다. 그리고 또다시 티츠 백화점[5]에서 양말을 파는, 포젠[6] 출신의 약간 조

---

3   할렌제|Halensee: 베를린에 위치한 지역 이름.
4   훈데켈레|Hundekele 클럽: 베를린에 위치한 음식점.

바심을 내는 신경질적인 작은 유대인 여인이라는 제물을 쉽게 유인하여 재빨리 다른 친구들에게 넘겨주었다. 의외로 쉽게 여성을 유혹해 내는 일들이 어제까지 불안했던 학생들에게는 황홀한 선물이 아닐 수 없는 것이었다. — 이러한 진부한 결과들이 나의 대담성을 상승시키면서, 나는 점차적으로 거리를 완벽하게 무차별적인 모험을 할 수 있는 사냥터로 간주하였다. 내가 언젠가 '보리수 아래서 Unter den linden'(베를린의 미테 지구에 위치한 대로의 이름)대로에서 예쁜 소녀를 뒤따라가다가 —정말로 우연히— 대학교 앞에서 내가 인정할 만한 심리적 한계를 넘기 위해서 오랫동안 한 발자국 나가지를 못했다는 것을 생각하게 되자 웃을 수밖에 없었

---

5 티츠Tietz 백화점: 1837년부터 1907년에 독일계 유대인 상인 티츠 Hermann Tietz가 소유했던 백화점. 당시 베를린에서 두 번째로 큰 백화점이었다.

6 포젠Posen: 1848-1919년까지는 프로이센주로, 그 후 폴란드에 소속되었고, '포츠난Poznan'이라 칭한다.

다. 들뜬 상태에서 나는 같은 생각을 한 친구와 학교 안에 들어섰다. 우리는 문을 열고 들어섰다가 (믿을 수 없을 정도로 우스꽝스러운 분위기가 연출되었는데) 시편을 낭송하는 흰 수염의 남자가 부르는 찬송가를 기도하면서 따라 부르며, 의자에 앉아 머리를 숙이고 뭔가를 기록하는 150명 정도의 학생들의 등을 보았다. 그래서 나는 얼른 다시 문을 닫고, 열심히 하는 친구들의 어깨 너머로 명확하게 들리지 않는 목소리를 개울이 흐르는 소리처럼 들으며, 친구와 함께 태양이 비추는 가로수 방향으로 거만한 포즈를 취하며 걸어갔다. 그 어떤 젊은이도 몇 달 동안 나처럼 바보같이 시간을 낭비하지 않았을 거라는 생각이 들었다. 나는 책을 전혀 읽지 않았고, 어떤 이성적인 말도 하지 않았으며, 어떤 생각도 하지 않았다. ─나는 각성된 신체와 함께 새로운 것을 포착하고 이제까지 금지된 것을 더욱 강력하게 느끼기 위해서, 본능적으로 학문을 추구하는 동아리는 피했다. 이제 자신의 욕구에 취해 있는 것, 시간을 낭비하고, 거역하고 광란하는 것은 강력하며 갑작스럽게 자유로워진 모든 청춘의 본질에 속하는 것일지도 모른다— 그럼에도 이러한 종류의 방탕에 사로잡히는 것은 위험한 것이며, 십중팔구는 철저하게 시간을 헛되이 보내거나 적어도 감정의 탐닉으로 몰락하게 될 것이었다. 아니면 어떤 우연으로 말미암아 갑작스럽게 내면의 추락으로 이어질 수도 있을 것이었다.

감사하게도 이날의 우연은 —요즘은 이것을 행복한 우연으로 감사하게 생각한다— 예기치 않게 발생했는데, 그날 나의 아버지는 교육부가 개최하는 총장 회의에 참석하기 위해 하루 정도 베를린을 방문하시게 되었다. 교육학자이신 그는 베를린에 오신다는 이야기를 하지 않고 나의 행실을 알아보기 위해, 그러한 상황을 전혀 예감조차 못하는 나를 급습할 기회로 이용하셨다. 이러한 그의 공격은 탁월했다. 당시 나는 대부분 북쪽 지역에서 시원찮은 대학생들과 저녁 시간을 보내고 있었다. ―그날은 커튼으로 분리된 주인집의 부엌을 지나― 한 처녀가 은밀하게 나를 방문했었다. 그때 문 두드리는 소리가 났다. 나는 친구가 온 것이라 추측했고, 화가 나 중얼거렸다.

"할 말이 없는데."

얼마 지나 두드리는 소리가 반복됐다. 한 번, 두 번, 그러고 나서 조급함을 알리는, 세 번째 두드리는 소리가 들렸다. 화가 난 나는 이 무례한 방해꾼을 확실하게 끝내기 위해 바지를 입었다. 반쯤 벗은 와이셔츠에, 아래로 내려진 멜빵, 벗은 발로, 주먹으로 그의 머리를 내려치기 위해 나갔다. 그런데 대기실의 어둠 속에서 나는 아버지의 실루엣을 알아챌 수 있었다. 나는 그의 얼굴에서 번쩍거리는 안경알을 어둠 속에서도 알아볼 수 있었다. 그의 옆모습에서 이미 도발적인 말이 마치 목에 걸린 날카로운 가시처럼 고문하듯 억지로 꽂혀 있는 것을 볼 수 있었다. 나는 순간 멍해져서 우두커니 서 있었다. ― 그 끔찍한 몇 초 동안, 나는 방이 정리될 몇 분 동안 부엌에 계셔 달라고 사정했다. 흔히 말하듯, 나는 그의 얼굴을 차마 볼 수 없었다. 그러나 그가 이해했다는 것을 느낄 수 있었다. 그가 나에게 악수도 하지 않고 화가 난 제스처를 취했음에도, 자제하는 듯 아무 말 없이 부엌의 커튼 뒤에서 기다리는 모습에서 나는 그것을 느꼈다. 커피와 순무가 끓어 김이 서린 화덕 앞에서 나이 든 아버지는 그 처녀가 침대에서 옷을 입고, 마지못해 방에서 나와 숨어 있는 그를 지나가는, 그 굴욕적인 10분 정도를 서 계셨다. 나와 그에게 그 10분은 굴욕적인 시간이었다. 아버지는 그녀의 발자국 소리와, 그녀가 재빨리 지나가면서 커튼이 바람에 흩날리는 소리를 들었을 것이었다. 하지만 나는 나이 든 아버지를 굴욕적으로 숨어 있는 곳에서 나오게 할 수 없었다. 그 전에 나는 엉망진창이 된 침대를 정리해야 했다. 그러고 나서 나는 —나의 삶에서 그처럼 창피한 순간은 없었다— 아버지 앞으로 갔다.

아버지께서는 이러한 유감스러운 상황에서도 예의를 차리셨다. 오늘날까지도 나는 그날의 일에 대해 마음속 깊이 감사하는 마음을 가지고 있다. 오래전에 돌아가신 아버지를 기억할 때면 언제나, 나는 그를 '교정 기계'나, 끊임없이 확인하면서 정확도에 집착하는 '옹졸한 사람'으로 경멸하는 학생의 관점에서 보지 않고, 그의 가장 인간적인 모습으로 받아들일 것이다. 왜냐하면 그는 대단히 화가 났음에도 자제하면서 아무 말도 하지 않았고, 나를 따라 이 후덥지근한 방에 들어섰기 때문이었다. 그는 손에 모자와 장갑을 들고 있었다. 아마 무의식적으로 벗고 싶었던 것 같았다. 그러나 역겨워하시는 모습이 역력했는데, 마치 그의 본질과 이 더러움이 닿는 것을 기분 나쁘게 느끼신 것 같았다. 나는 아버지께 의자를 내드렸다. 아버지는 대답하지 않으셨고, 떨쳐 버리려는 듯한 태도로 이 공산의 모든 대상과 유대를 갖는 것을 거부하였다.

　그는 냉담한 순간들을 외면하고 난 다음에, 안경을 벗고는 지나치다 싶을 정도로 계속해서 문질렀다. 이 동작이 그의 당황함을 말해 준다는 사실을 나는 알고 있었다. 아버지가 노인처럼 손등으로 눈 위를 만지고 난 다음 다시 안경을 쓰고 나자, 나도 당황스러움을 감출 수 없었다. 그는 내 앞에서 부끄러워하셨고 나도 그 앞에서 그랬다. 우리 두 사람 모두 아무 말도 할 수 없었다. 가슴 속 깊이 나는 두려움을 느꼈다. 나는 내가 학생 때부터 증오했고 조롱했던 그의 연설이나 저음으로 나오는 그럴듯한 인사말이 시작되기를 기다렸다. 그러나 ―오늘날에도 나는 그 점에 대해 아버지께 감사한 마음이다― 아버지는 아무 말도 하지 않으셨고 나를 보는 것도 피하셨다. 마침내 아버지께서는 내

책들이 꽂혀 있는 흔들거리는 책장 쪽으로 가, 책을 펼치셨다. ―아버지는 첫눈에 그 책들이 펼쳐진 적도 없거니와, 대부분 개봉되지도 않았음을 확신하는 것 같았다. "네 노트들은 어디 있느냐"― 이것이 그가 첫 번째로 하신 말씀이었다. 나는 떨면서 그에게 노트들을 내드렸다. 나는 필기된 내용이 한 시간 정도의 수업 내용이라는 것을 알고 있었다. 그는 두 페이지 정도를 빠르게 넘기시면서 훑어보았다. 그는 흥분하는 모습을 조금도 보이지 않고, 노트들을 책상 위에 놓았다. 그리고 그는 의자를 당겨 앉으시고는 나를 진지한 눈빛으로 바라보셨다. 그러나 한 마디의 비난도 없이 질문하셨다.

"이제, 이 모든 일에 대해 어떻게 생각하느냐? 어떻게 해야 하겠니?"

조용히 내뱉은 아버지의 이러한 질문은 나를 땅속으로 박아 버렸고, 내 마음을 이미 쪼그라들게 했다. 그가 나를 질책했다면, 나도 버릇없이 그를 공격했을 것이다. 그가 감동적으로 나를 훈계했다면, 나는 그를 조롱했을 것이다. 그러나 이 객관적인 질문은 내 반항의 마디를 끊어 버렸다. 진정성 있는 질문은 진정성을, 강요된 침착함은 존경과 마음의 준비를 요구했다. 내가 대답했던 것들을 감히 기억할 용기조차 낼 수 없다. 계속 이어진 전체적인 대화를 지금 나는 기록하고 싶지 않다. 갑작스러운 충격과 일종의 감정이 과잉 상태에 빠졌다. 이 감정의 과잉이란, 다시 설명하면 아마도 감성적으로 들릴지도 모르지만, 두 사람 사이에 단 한 번 진실했던 어떤 말들은 뜻밖에 감정의 혼란에서 비롯된 것이다. 그것이 내가 아버지와 나누었던 유일한 실질적인 대화였다. 나는 완전히 굴복하려는 생각은 아니었지만, 그의 결정에 따르고자 했다. 그러자 그는 내가 베를린을 떠나 다음 학기부터 작은 대학에서 공부하는 것이 어떠냐고 하셨다. 그는 내가 열정적으로 놓쳤던 것을 이제부터는 다시 원상태로 돌려놓겠다는 확신으로 거의 위로하는 말을 하셨다. 그의 믿음은 나를 감동시켰다. 이 순간에 나는 내가 청년 시절 내내 냉정한 프레임에 갇혀 아버지에게 행했던 모든 부당함을 느끼게 되었다. 나는 뜨거운 눈물을 흘리지는 않았지만, 억지로라도 눈물을 흘리기 위해 나의 입술을 격하게 깨물었다. 그러자 그도 비슷한 것을 느꼈던 것 같았다. 왜냐하면 그는 나에게 손을 내밀어, 한순간 떨면서 나의 손을 꽉 잡더니 급하게 나가 버렸기 때문이었다. 나는 그의 뒤를 따라갈 엄두도 내지 못했고, 불안하고 혼란스러운 상태로 남아 손수건으로 입술의 피를 닦아 냈다. 나는 나의 감정을 다스리기 위해 이로 입술을 그렇게 물어뜯었던 것이다.

이것이 내가 19살에 경험했던 첫 번째 충격이었다 — 그 경험은 내가 3개월 동안 추구했던 남성성, 대학 생활, 독단이라는 큰 폭탄과도 같은 사상누각을 어떤 강력한 말도 없이 무너뜨린 것이다. (도발된 결심 때문인지 나는 모든 소소한 만족을 포기할 정도로 충분히 확고해졌다.) 정신적인 것을 탕진하는 힘, 즉 진지함에 대한 욕구, 이성, 훈육 그리고 엄격함을 검증해야 된다는 초조함이 나를 덮쳤다. 이 시기에 나는 학문의 세계에서 나에게 기대하는 드높은 열정에 대해서는 알지 못하고, 고양된 정신의 세계에서 역동적인 사람에게 항상 나타나는 모험과 위험을 예감조차 못하면서, 마치 희생 봉사를 하는 수도승처럼 학문에 몰두하였다.

내가 아버지의 동의를 얻어 다음 학기를 위해 선택했던 작은 지방의 도시는 중부 독일에 위치한 곳이었다. 대학의 학문적 명성은 대학 건물을 에워싸는 집들이 형성하는 작은 덩어리의 형상과 대단히 불균형을 이루고 있었다. 먼저 나의 짐을 맡겨 놓았던 역에서 대학까지 모든 거리를 확인하였고, 나는 이곳 시내가 왕래가 빈번한 베를린보다 얼마나 교통의 연결 상태가 좋은지 고풍스럽고 탁 트인 건물 내부에서 알게 되었다. 그리고 2시간 만에 수강 신청을 해결하였고, 대부분의 교수님을 뵈었지만 영문과의 지도교수는 결정하지 못했다. 그러나 지금 당장은 아니었어도, 나는 오후 4시경에 세미나에서 그를 만날 수 있다는 것을 알게 되었다.

나는 대단히 초조한 마음에 한 시간도 지체할 수 없었다. 예전에 학문을 회피했던 것과 마찬가지로 열정적으로 학문을 향하여 돌진하면서 ─베를린과 비교하면 마취된 듯 잠이 든 작은 도시를 대략 살펴보고 난 뒤에─ 4시 정각에 지정된 장소에 도착하였다. 관리인이 나에게 세미나실의 문이 어디 있는지 알려 주었다, 나는 문을 두드렸다. 그리고 내부에서 어떤 목소리가 대답했다는 생각이 들어 안으로 들어섰다.

그러나 내가 잘못 들은 것이었다. 아무도 나에게 들어오라는 말을 하지 않았다. 내가 들은 명확치 않은 소리는 교수의 고양되고, 대단히 원기왕성하게 연설하는 목소리였다. 그는 자신 옆에 밀착해 가까이에 모여 있는 대략 24명 정도의 대학생들 앞에서 즉흥적으로 인사말을 하고 있었다. 착각으로 인해 허락도 없이 들어선 것에 대하여 곤욕스러워져, 나는 조용히 문을 다시 닫고 싶었지만 이로 인해 주의를 끌고 싶지도 않았다. 왜냐하면 그때까지 학생들 중에 나를 눈치챈 사람은 아무도 없었기 때문이다. 나는 문 가까이에 서서 나도 모르는 사이에 강의를 듣게 되었다.

강의는 아마도 콜로키움이나 토론에서 자생적으로 발전된 것 같았다. 그로 인해서 교수나 그의 제자들은 완전히 느슨하게 우연히 모인 집단을 결성한 것처럼 보였다. 교수는 강의를 하면서 앞에 있는 의자에 앉지 않고, 책상 위에 가벼이, 그리고 아주 자유롭게 걸터 앉아 있었다. 그의 주위에 젊은 학생들은 원래의 무심한 태도에서 부동자세를 취하며 관심을 가지고 수업을 듣게 된 것 같은, 그런 의도치 않은 자세로 모여 있었다. 교수가 갑자기 책상 쪽으로 자리를 옮겨, 마치 올가미와 같은 말로써 약간 높은 곳에서 그들을 자신 쪽으로 끌어당겨, 그 자리에서 움직이지 못하게 사로잡을 때, 학생들은 대화를 나누며 함께 서 있었음에 틀림없었다. 그리고 모두 나의 출석이 호명되지 않은 것을 잊은 채, 그의 연설의 강력함에 매료되어 마치 자석에 끌리듯 느낄 때까지는 몇 분도 걸리지 않았다. 말로 표현할 수 없이 손으로 독특한 활모양을 하거나 에워싸는 자세를 보기 위해 나는 좀 더 앞쪽으로 다가갔다. 연설의 내용은 때로 마치 새가 날개를 펼친 것처럼 당당하게 앞으로 나가다가, 움찔하며 위로 솟구쳤다가는, 지휘자의 진정시키는 손짓에 리드미컬하게 점차적으로 음악처럼 내려앉았다. 휘몰아치는 연설이 더욱더 격렬해지는 동안, 내달리는 말에 올라탄 사람처럼 이 활기찬 사람은 단단한 책상에서 리드미컬하게 올라갔다가 번쩍이는 모습으로 질주하는 원대한 사상 속으로 숨 가쁘게 돌격하였다. 나는 어떤 사람에게도 그렇게 열광한 적이 없었다. 나는 연설을 진실로 감동적으로 들었다. ― 처음으로 나는 라틴어로 랍투스Raptus, 즉 인간을 납치하는 것이 무엇인지를 체험하게 되었다. 달리는 듯한 사람의 입에서 나오는 이 교수의 소리는 자신과 다른 사람을 위해서 이야기하는 것이 아니라, 마치 마음속 깊이 불타오르는 인간이 내뱉는 불과 같았다.

나는 이런 경험을 한번도 해 본 적이 없었다. 열광적인 강의, 강의의 열정으로 마치 충격받은 것 같은 전혀 예기치 않은 상황이 나에게 갑자기 닥쳐왔다. 호기심이라기보다는 어떤 강력한 힘에 의해 최면에 걸린 것처럼 이끌려, 마치 몽유병자처럼 흐느적거리며 내가 앞쪽으로 가고 있다는 것을 인식하지 못한 채, 학생들 사이로 마술에 걸린 것처럼 걸어가고 있었다. 나는 의식조차 못하고 갑자기 한

가운데 서 있었다. 교수와는 30cm 정도 떨어진 거리이고, 나와 똑같이 매료된 다른 사람들의 한가운데 서 있었는데, 이제야 나 자신을 혹은 다른 어떤 것을 인식하게 되었다. 나는 그 강의에 몰두하였고, 원인도 모르는 채 그 물결 속에 휩쓸려 들어갔었다.

학생 중 한 명이 셰익스피어를 대기의 현상으로 찬양하고 있었다. 그러나 저 위에 있는 그 사람은, 그것이 모든 세대의 가장 강력한 표현이고, 영적인 진술이며, 열정적이 된 시대의 감각적 표현이라는 것을 보여 주기 위하여 도발하고 있었다. 그는 영국의 그 엄청난 시기, 영국 사람들의 삶이나, 모든 사람들에게 뜻밖에 나타나 모든 힘을 모아 영원 속으로 강력하게 돌격할 수 있는 열광의 유일한 순간을 묘사했다. 갑자기 대지가 더 넓어지고, 새로운 대륙이 발견된 것이다. 그사이 과거의 것 중에 가장 오래된 제도인 교황권이 붕괴되는 것이 임박했다. 스페인의 무적함대가 비바람 속에서 파괴된 이후로 그들에게 속해 있던 해양 뒤편에 새로운 가능성이 소리 내며 등장하여, 세계는 확장되었고 그들과 같은 영혼이 자기도 모르는 사이에 긴장하게 된다. ― 그들은 가장 외적인 부분까지 선과 악의 속으로 파고들어 가면서 풍성해지고자 한다. 그들은 발견하고, 남아메리카의 정복자들처럼 정복하고자 한다. 그들은 새로운 언어와 힘이 필요하였다. 갑자기 이 언어의 대변인이 된 시인들은, 이전의 궁정 시인이 그들 앞에서 목가적인 정원을 약속하고 선택된 신화를 시로 표현했던 것과는 달리, 10년 동안 50~100명 정도의 젊은이들이 등장했는데, 그들은 거칠고 제어되지 않은 장인인 것이다 ― 그들은 극장으로 달려갔고, 예전에는 짐승을 사냥했고, 피비린내 나는 연극이 광분하던 목조로 된 건물에서 자신들의 전쟁터를 찾아낸 것이다. 그러나 피의 뜨거운 열기가 아직도 그들의 작품 속에 자리 잡고 있고, 그들의 드라마는 감정이라는 거친 야수들이 굶주려 달려드는 로마의 전차 경주장인 것이다. 격정적인 심정을 지닌 악동이 마치 사자처럼 광분하였다. 한 사람이 다른 사람의 광포함이나 충만함을 뛰어넘으려 한 것이었다. 모든 것에 대한 표현이 허용되었다. 근친상간, 살인, 비행, 범죄 등이 가능한 것이다. 모든 인간의 측정할 수 없는 혼란이 열정적인 무절제의 축제를 벌이는 것이다. 마치 예전에 감옥에 갇혀 있던 굶주린 동물처럼, 도취한 열정이 포효하며 나무 울타리를 친 경기장 안으로 위험스럽게 돌진한다. 단 하나의 사건이 마치 폭죽처럼 폭발하였고, 50년간 지속되는 것이다. 한 번의 객혈, 하나의 절규, 유일한 야생동물이 전체 세계를 부수고 찢어 버리는 것이다. 사람들은 이러한 힘의 무절제에서는 개별적인 목소리와 형상을 거의 느끼지 못한다. 한 사람이 다른 사람에게서 가열되고 모든 이들이 습득하고, 모든 사람이 다른 사람에게서 빼앗고, 모든 사람이 다른 사람을 능가하고 뛰어넘기 위해 싸우는 것이다. 유일무이한 숙제에 등장하는 모든 영적인 검투사들, 풀려난 노예들은 시간이라는 정신에 의해 앞으로 향하여 가도록 채찍질당하는 것이다. 그는 교외의 기울어지고 어두운 방에서 시간이라는 정신을 궁전에서, 프리메이슨의 후예인 벤 존슨[7], 말로[8], 구두 수선공의 아들인 필립 메신저[9], 시종의 후예이며 부유한 지식인이자 정치 지도자인 필립 시드니[10]를 이곳으로 불러 왔다. 그리고 뜨거운 소용돌이가 모두를 헤집는다. 그들은 오늘은 찬양받지만, 내일은 키드[11], 헤이우드[12]를 깊은 번민 속에 비참하게 죽게 하는 것

7   벤 존슨Ben Jonson(1572–1637): 영국의 극작가.
8   크리스토퍼 말로Christopher Marlowe(1564–1593): 영국의 극작가.
9   필립 메신저Philip Massinger(1583–1640): 영국의 극작가.
10 필립 시드니Philip Sidney(1554–1586): 영국의 시인이자 정치가.
11 토머스 키드Thomas Kyd(1558–1594): 영국의 극작가.
12 존 헤이우드John Heywood(1573–1641): 영국의 극작가.

이다. 그리고 런던의 킹 스트리트에서 사망한 스펜서[13]처럼 굶주려 사망하는 것이다. 깡패, 포주, 코미디언, 사기꾼, 시인들, 시인들은 모든 비시민적 존재이고, 셰익스피어는 그 중간적 존재인 것이다. "시대의 연령이고 몸통인 것이다." 그러나 사람들은 그를 구분할 시간이 없었다. 그렇게 이러한 혼란이 휘몰아치는 것이다. 그렇게 풍요롭게 작품에 작품을, 열정 위에 열정을 쏟아 맞추는 것이다. 그리고 갑자기 으쓱하며 상승하였지만, 인류의 멋진 돌발 상황은 다시 붕괴하는 것이다. 드라마는 끝이 나고, 영국은 지쳐 100년 동안 템스강의 축축한 어두움으로 정신을 희미하게 한다. 하나의 민족이 단 한 번의 습격으로 열정의 모든 절정과 심연을 오르내리게 하는 것이다. 충만하고 훌륭한 영혼은 가슴에서 뿜어져 나오는 것이다. ─ 이제 국가는 피곤

---

13 에드먼드 스펜서Edmund Spenser(1552-1599): 영국의 시인.

하고, 지쳤다. 글쟁이의 청교도주의는 극장을 닫게 하고 그것과 함께 열정적인 연설을 숨겼다. 싱경은 모든 시대의 인간들의 불같은 고백을 담았던 신성한 말을 다시 가로채고, 유일하게 열렬한 민족이 수천 명의 사람들을 위해 전무후무하게 살아 있었다.

그리고 연설이 내뿜는 거의 맹목적인 불길이 갑작스럽게 방향을 전환하여 우리에게 몰려왔다.

"왜 내가 처음에 역사적인 순서로 아서왕과 초서[14] 같은 인물로 강의를 시작하지 않고, 엘리자베스 시대의 모든 규칙에 대해 말하는지를 여러분은 이해했나요? 그리고 내가 무엇보다도 왜 여러분들이 친밀함과 지극히 고조된 생동감에 적응하라고 했는지 이해했나요? 왜냐하면 경험을 하지 않고서는 인문학을 이해할 수 없고, 그 가치를 이해하지 않고서는 문법에 대해서도 이해할 수 없기 때문입

---

14 죠프리 초서Geoffrey Chaucer(1342~1400): 영국의 시인.

니다. 여러분은 여러분이 정복하려는 나라와 언어를 먼저 그 지극히 고조된 미의 형태, 그들의 젊음, 가장 극단적 열정의 형태로 보아야 합니다. 우선 여러분은 그것을 창조하고 완성한 시인들의 언어를 들어야 할 것입니다. 그들을 단편적으로 관찰하기 전에, 여러분은 작품을 마음으로 호흡하고 따뜻하게 느껴야 할 것입니다. 그러기에 나는 항상 신들과 함께 시작할 것입니다. 왜냐하면 영국은 엘리자베스 자체이고, 셰익스피어이자 그의 애호가이기 때문입니다. 예전에 준비되어 있던 것들과, 후대에 설득력 없이 뒤따르는 것들도 영원 속으로 용감하게 뛰어드는 것입니다. ― 그러나 여기에서 젊은 여러분들, 이곳에 있는, 우리 세계의 가장 생동감 있는 젊은이들은 그것을 느낄 것입니다. 그것을 스스로 느낄 것입니다. 항상 사람들은 불의 형태와 열정에서 현상들, 인간들을 인식합니다. 왜냐하면 모든 정신은 피에서 나오고, 모든 생각은 열정에서 나오고, 모든 열정은 열광에서 나오는 것이기 때문입니다. — 그러기에 셰익스피어와 그 세대의 사람들을 여러분과 같은 젊은 사람들이 진정 젊게 만드는 것입니다. 우선 단어를 공부하기 전에, 세상에서 가장 외연적이고 훌륭한 교양서는 열정이고 노력인 것입니다!"

"자, 이제 오늘은 이만합시다. — 안녕!"

그는 성급하게 종료의 제스처를 취하고는 주먹을 쥐고 불쑥 당당하게 박자를 맞추면서, 동시에 책상에서 뛰어 내려왔다. 그러자 몰려 앉았던 학생들이 일시에 흩어지면서 의자가 부딪쳐 시끄러운 소리가 났고, 책상들은 밀쳐졌으며 말이 없던 20명의 사람들이 갑자기 말하기 시작하고 기침하고 크게 숨쉬기 시작하였다. — 이제 숨쉬는 사람들로 하여금 아무 말도 하지 못하게 하는 이 남자의 매력이 얼마나 사람을 끌어당기는지 볼 수 있었다. 좁은 공간 안에서 더욱 뜨겁고 거리낌 없는 혼란이 발생하고 있었다. 감사의 말을 하거나 다른 사무적인 대화를 위해 몇몇 학생들이 교수에게 다가갔다. 그사이 나머지 흥분한 학생들은 자신들의 느낌을 서로 교환하였고, 조용히 서 있는 사람은 아무도 없었다. 긴장의 자극은 사라져 버렸지만, 좁은 대기 속에서 그들의 입김과 열정이 소리를 내는 것처럼 보일 정도로, 짜릿한 긴장에 감동받지 않은 사람은 아무도 없었다.

나는 움직일 수 없었고, 마치 심장을 얻어맞은 것 같았다. 열정적이 된 나는 모든 감각이 충격을 받은 듯, 모든 것을 열광적으로 이해하게 되었다. 나는 처음으로 한 교수에게, 한 인간에게 사로잡히는 것을 느꼈고, 그 앞에서 본분과 쾌락마저 굴복할 수밖에 없었던 그의 우월감을 인식하였다. 나의 혈관은 달아올랐다. 나의 몸에서 돌진하는 리듬이 요동치고, 초조하게 모든 관절에 상처를 입힐 때까지 나의 호흡이 더욱 빨라지는 것을 느꼈다. 마침내 나는 그 사람의 얼굴을 보기 위해 천천히 앞쪽으로 다가갔다. 놀라웠다. ― 그가 이야기하는 동안에는 나는 그의 흡인력을 알 수 없었다. 그의 흡인력이 사라졌어도, 더욱더 강의 내용 속으로 몰입해 들어갔다. 나는 이제야 비로소 그의 제대로 된 모습을 희미하게나마 볼 수 있었다. 그는 한 학생에게 반쯤 몸을 돌린 채 친근하게 그의 어깨에 손을 올려놓고 창문에서 비추는 빛을 받고 서 있었다. 나는 한 번도 그 어떤 교수에게서도 그러한 일이 가능하다고 생각하지 않았는데, 그는 짧은 동작에서도 진실성과 우아함을 지니고 있었다.

그사이 몇몇의 학생들이 나를 주목하게 되었다. 주제넘다는 평가를 받지 않으려고, 나는 몇 걸음 교수에게 다가가 그의 대화가 끝나기를 기다렸다. 이제야 비로소 나는 그의 얼굴을 바라볼 수 있었다. 갸름한 얼굴, 대리석처럼 하얗고 둥근 이마, 정수리의 흰 머릿결이 앞쪽으로 물결치고 빛을 발하며 옆쪽을 덮고 있었다. 대담한 어깨는 영적인 면모를 보여 주고 있었다. ─ 깊은 눈 가장자리 아래쪽 부드러운 턱선으로 인해 순간 거의 여성으로 보일 지경이었다. 안절부절못하는 입술 주위의 웃음이 때론 신경질적인 면을 보이는 불안한 틈을 보여 주었다. 위쪽 이마는 남성적이지만, 전체적으로 몸매는 유순해 보이면서, 뺨은 약간 늘어지고 불안한 입모양을 하고 있었다. 위풍당당하고 고압적인 자세지만, 가까이서 보니 그의 얼굴은 힘겹게 긴장하고 있었다. 그의 신체도 마찬가지로 이중적인 모습을 보였다. 그는 왼손을 무심히 책상에 올려놓거나 약간 쉬는 자세를 취하고 있는 것처럼 보였다. 왜냐하면 손가락으로 두드리는 소리가 계속해서 들려오고 있었기 때문이었다. 남자의 손치고는 얼마간은 너무 부드럽고, 얼마간은 너무 연약해 보이는 손가락으로 조급하게 나무로 된 칠판에서 떨어져 허공에 그림을 그리고 있었고, 무거운 눈꺼풀로 가려진 눈은 대화에 집중하는 것처럼 보였다. 드러난 힘줄에서 느껴지는바, 그가 불안하거나 흥분하고 있음을 알 수 있었다. 어쨌건 가만히 있지 못하는 손과 편안히 경청하며 귀 기울이는 모습은 서로 이율배반적이었다. 그는 얼굴에 피곤한 기색이 역력했음에도 주의 깊게 학생들과의 대화로 깊게 빠져들었다.

마침내 내 차례가 되었다. 나는 다가가, 나의 이름과 방문 목적을 말하였다. 그러자 파란색 동공 속에 보이는 별 모양의 눈동자가 나를 쳐다보았다. 질문하는 눈빛으로 2, 3초 정도 나의 얼굴을 턱에서부터 머리까지 훑어보았다. 그의 부드럽지만 심문하는 듯한 태도에 나의 얼굴이 붉어졌던 것 같다. 왜냐하면 내가 당황해하자, 그가 재빨리 웃음을 지으며 반응하였기 때문이다.

"학생은 내 수업에 등록하려는 건가요? 그러면 우리는 좀 더 자세하게 서로 얘기를 나눠야 할 것 같군요. 미안하지만 나는 즉시 이 일을 처리할 수 없습니다. 아직 처리할 일이 몇 개가 남아 있거든요. 문 앞에서 나를 기다리면 집까지 나와 동행할 수 있을 겁니다."

그는 나에게 손을 내밀었다. 부드럽고 얇은 장갑보다 더 가벼워 보이는 손이 내 손가락에 닿았다. 그리고는 곧 기다리는 다음 학생에게 친근하게 말을 걸었다.

나는 문 앞에서 두근거리는 마음으로 10분 정도 기다렸다. 그가 나의 학문 수준에 대해 질문한다면 무엇을 이야기해야 하나. 나는 모든 문학에 대해서는 연구한 적도 관심은 가져 보지도 않았다고 고백해야 하나? 그가 나를 무시하지 않더라도 종국에는 오늘 나를 마술처럼 사로잡은 그 열렬한 모임에서 내쫓지는 않을까? 그러던 중 그가 재빨리 다가와 마음씨 좋은 미소를 짓자, 나는 당황하였다. 그가 나를 추궁한 건 아니지만, 나는 (그 앞에서는 숨

길 수가 없었다) 내가 첫 학기에 매우 소홀했음을 고백하였다. 따뜻하면서도 공감하는 듯한 그의 시선이 나에게 다시 향했다.

"음악을 듣는 것도 휴식을 취하는 겁니다."

그는 격려하는 미소를 짓고 내가 아무것도 모른다는 사실에 대해 부끄러움을 느끼지 않도록 했다. 그리고 개인적인 일들에 대해 질문하였다. 고향이 어디인지, 이곳에서 어디에 거주할 예정인지 등. 내가 아직까지 마땅한 집을 찾지 못했다고 말하자, 그는 도움을 주었다. 그는 자신의 집주인에게 문의하면, 반쯤 귀가 먹은 나이 든 부인에게서 좋은 작은 방을 얻을 수 있고, 그의 학생들 모두가 이 방에 만족했었다고 조언해 주었다. 그는 다른 모든 일도 살펴주려 하였다. 나는 공부에 진지하게 임하려는 의도를 충족하게 되었고, 그는 나를 여러 가지 방법으로 도와주는 것에 기분 좋은 의무감을 느끼는 것 같았다. 그는 자신의 집 앞에 도착하자 다시 악수를 청했고, 커리큘럼을 짜는 것을 도와주겠다며, 다음 날 밤에 그의 집을 방문하도록 초대해 주었다. 그분의 기대하지 않은 호의에 나의 감사하는 마음이 너무도 커져서, 나는 존경에 가득한 마음으로 그의 손을 잡았다. 그러고는 당황하여 모자를 쓴 뒤 감사하다고 말하는 것을 잊어버렸다.

당연히 나는 그가 얘기한 집의 작은 방을 얻었다. 내가 그 일이 대단하다고 생각했다면 응하지 않았을 것이다. 한 시간 안에 다른 모든 사람들보다 더 많은 것을 준, 이 매력적인 교수와 공간적으로 가까이 머물 수 있는 것에 대해 순수하게 감사하는 마음으로만 받아들였다. 게다가 방은 아주 훌륭했다. 그것은 나의 스승의 집 위에 있는 다락방이었는데, 지붕의 나무로 된 박공 때문에 약간은 어둡지만, 둥근 창문을 통해 옆집의 지붕과 교회의 탑을 볼 수 있었다. 멀리서 네모진 초록색 공간과 그 위로 고향에서처럼 사랑스러운 구름이 보였다.

거의 듣지 못하는 부인은 감동적일 정도로 어머니 같은 마음으로 그녀가 해야 할 일을 해 주어, 나는 단 2분 만에 그녀와 가까운 사이가 됐고 한 시간 뒤에는 삐거덕거리는 나무로 된 계단 위로 내 가방이 소리를 내며 올라가고 있었다.

그날 밤 나는 외출하지 않았다. 먹는 것도 담배 피우는 것도 잊어버렸다. 우연히 짐 속에 있는 셰익스피어를 꺼내, (몇 년 만에 처음으로 다시) 읽어 내려 갔다. 그의 강의로 말미암아 나의 호기심은 열정적으로 타올랐으며, 나는 한 번도 읽어 보지 않은 것처럼 창작된 단어를 읽어 내려 갔다. 어떻게 그런 변화를 설명할 수 있을까? 그러나 작품 속에서 하나의 세계가 피어올라, 단어들은 몇 세기 동안 나를 찾아 헤맸던 것처럼 나에게 빛을 발하였다. 나를 매혹시킨 시가 불꽃의 파고高波가 되어 혈관 속으로 파고들었고, 마치 날고 있는 꿈을 꾸듯이 독특한 느긋함을 관자놀이에서 느낄 수 있었다.

나는 경련하고 전율하였다. 나는 몸속의 피가 따뜻해져 흐르는 것을 느꼈다. 마치 열이 나는 것 같았다. ― 이러한 일은 전에는 한 번도 겪어 보지 못한 것이다. 나는 격정적인 연설을 듣는 것 외에는 아무것도 경험하지 않았다. 그런데 이 연설로 인해 나의 마음속에는 아직도 흥분이 남아 있음에 틀림없었다. 한 문장을 크게 반복해서 읽었을 때, 내가 그의 목소리를 무의식적으로 따라하고 있었다. 문장들은 빠른 리듬으로 휘몰아쳤고, 나는 주먹을 쥔 그처럼 똑같은 손동작을 취하고 싶었다. ― 나와 정신적 세계 사이에 놓였던 벽이 한 시간 만에 마술처럼 뚫려 버리고, 나는 오늘날까지도 성실하게 남아 있는 열정적인 것, 하나의 새로운 열정을 발견하였다. 혼이 담겨 있는 단어로 지상의 모든 것을 함께 즐기려는 욕망을 발견한 것이다. 우연히 나는 『코리올라누스』[15]를 알게 되었다. 여기서 내 자신이 모든 로마 사람에게도 가장 낯선 모든 요소들을 지닌 것을 발견하였을 때, 그것은 도취처럼 나를 덮쳤다. 그 요소들은 자부심, 교만, 분노, 경멸, 조롱이고, 감정의 모든 금속인 소금, 납, 금인 것이다. 이러한 것을 별안간 예감하고 이해한다는 것은 얼마나 새로운 즐거움인가? 눈이 따끔거릴 때까지 읽고 또 읽었다. 시계를 보니 3시 반이 되었다. 새로운 힘에 놀라, 6시간 동안 나의 모든 감각이 흥분되고 동시에 마비된 것 같았다. 나는 불을 껐다. 그러나 내면에서는 그 형상들이 타오르고 계속해서 움칠거렸다. 마술과 같이 열린 세계가 나에게 확대되었고, 나의 것으로 만들어야 했던, 다음 날에 대한 동경하는 마음과 기대로 거의 잠을 잘 수 없었다.

그러나 다음 날 나는 실망하였다. 나는 나의 스승

---

15 『코리올라누스*Coriolanus*』: 기원전 5세기에 살았다고 전해지는 로마의 장군 코리올라누스Caius Marcius Coriolanus의 삶을 바탕으로 1605-1608년 사이에 창작된 셰익스피어의 비극이다.

이 (나는 그를 그렇게 부르고자 했다) 영어 음성학 강의를 하는 대형 강의실에 처음으로 들어선 사람들 중에 한 명이었다. 그가 들어섰을 때, 나는 놀라고 말았다. 이 사람이 어제의 바로 그 사람이었나, 혹은 나의 흥분된 감정이나 기억이 그를 광장에서 영웅적으로 용감하게 내려치고 압도하며 추상같이 발언하는 코리올라누스로 만든 것이 아닌가? 조용히 느린 걸음으로 들어섰던 그 사람은, 그저 나이 들고 피곤한 남자였다. 마치 그의 얼굴에 빛을 발하는 초점이 사라진 것 같았다. 나는 이제 의자의 맨 앞줄에 앉아 심하게 접힌 그의 주름과 넓게 파인 뺨에서 병에 걸린 것 같은 피곤을 인지할 수 있었다. 푸른색을 띤 그림자가 축 늘어진 뺨에는 생기가 없고 움푹 팬 곳으로 마치 물처럼 흘러내리는 것 같았다. 강의를 하는 교수의 무거운 눈꺼풀이 눈 위를 덮고 있었다. 창백하고 너무도 얇은 입술에서 오늘은 강력한 말을 내뱉지 못했다. 어제의 그 명랑함은 환호하는 감정의 충만 때문이었나? 그의 목소리도 나에게 낯설었다. 그리고 테마가 문법에 대한 것이기 때문인지, 그는 너무 이성적이었고 목소리도 사각거리는 메마른 모래 사이로, 단조롭게 피곤한 발걸음을 내딛는 것 같았다.

나는 불안감에 사로잡혔다. 그는 내가 처음 보았던 그때부터 그리고 오늘까지 기다렸던 바로 그 사람이 아니었다. 어제의 그의 얼굴은 어디로 사라져버렸나, 어제의 그의 얼굴은 별처럼 밝은 빛을 발하지 않았던가? 여기 늙은 한 명의 교수가 그의 테마를 사무적으로 되풀이하고 있다. 나는 새로운 불안감을 느끼며 그의 강의에 계속해서 귀 기울였다. 어제의 말투가 다시 반복되는지, 나의 감정을 사로잡아 격정에까지 올라가게 한 소리를 울리는 손처럼, 따뜻한 떨림의 소리가 들려올 것을 기다렸다. 점점 더 불안해져 나의 시선은 그를 향하고 있었다. 실망감에 가득 차, 낯설어진 그의 얼굴을 훑어보았다. 이곳에서 볼 수 있는 얼굴이 어제의 얼굴과 같다는 것은 부정할 수는 없었다. 그러나 그의 얼굴은 텅 비었고, 무엇인가를 만들 수 있는 힘이 빠져 있었다. 피곤하고 나이 든 남자의 얼굴은 양피지로 만든 가면과 같았다. 어떻게 한순간에 그렇게 젊었던 사람이 그렇게 나이 들어 보일 수 있는가? 그렇게 정신에 갑작스러운 격동이 발생했다면, 언어로 얼굴을 완벽하게 만들고 몇 십 년을 젊게 할 수 있다는 것인가?

이런 의문이 들자 나는 괴로웠다. 마치 갈증을 느낀 것처럼, 나의 마음속에 이중적인 이 사람에 대해 더 알고 싶다는 마음이 불타올랐다. 그리고 이러한 생각을 하면서, 그가 멍한 상태로 우리를 지나 강의실을 떠나자, 나는 급히 도서관으로 가서 그의 연구 논문들을 대출하였다. 아마도 그는 단지 피곤하거나 몸이 불편하여 열정이 약화되었던 모양이다. 그러나 신체가 지속적으로 지쳐 가도, 나로 하여금 특이하게 그의 현상 속으로 파고들도록 요청하는 접근방법과 열쇠가 분명 있을 것이다. 도서관 사서가 책을 가져다주었다. 그런데 나는 논문이 너무 적다는 사실에 놀라고 말았다. 20년 동안 이 노쇠한 사람은 얇은 책자들의 시리즈, 서론, 머리말, 셰익스피어의 『페리클레스』[16]의 진실성에 대한 토론, 휠덜린[17]과 셸리[18]의 비교(이 두 시인들은 그들이 속하는 민족에게는 천재로 간주된다) 그리고 어문학의 잡동사니만을 출판한 것이다. 정말이지, 그의 모든 논문 속에는 두 권으로 된 작품이 준비되어 있다고 예고되어 있었다. "글로브 극장의 역사, 공연, 그리고 작가들" 그러나 예고 시점도 20년 전이었다. 내가 이 저서에 대해 다시 묻자, 사서는 출판된 적

---

16 『페리클레스, 티레의 왕자*Pericles, Prince of Tyre*』: 보통 셰익스피어가 『페리클레스』를 완성했다는 주장이 받아들여지고 있지만, 다른 공동 작업자가 있다는 주장도 있다.

17 휠덜린Friedirich Hölderlin(1770-1843): 독일의 시인.

18 셸리Percy Bysshe Shelley(1792-1822): 영국의 낭만파 시인.

이 없는 책이라고 확인해 주었다. 나는 약간 겁을 먹었지만 어느 정도 용기를 내어, 나로 하여금 새 힘을 찾도록 하는 그 리듬이 솟구치는 목소리를 기대하는 마음으로 그 책들을 살펴보았다. 그러나 이 논문의 운율이 주는 편안하면서도 진지한 진동은 지속되었고, 강연도 솨솨 소리를 냈지만 뜨겁게 장단을 맞추며 파도를 뛰어넘는 리듬의 진동은 어디에도 없었다. 얼마나 애석한 일인지. 나는 마음속에서 탄식하였다. 나는 나 자신을 때릴 뻔했다. 너무도 빠르고 쉽게 그에게 믿음을 준 나 자신에 대한 분노와 불신으로 인해 전율하였다.

오후의 세미나 강좌에서 나는 그를 다시 만날 수 있었다. 이번에 그는 스스로 말을 하지 않았다. 영문학 수업의 관례에 따라 24명의 학생들이 발표자와 토론자로 나뉘었다. 그는 자신이 좋아하는 세익스피어 작품 중에 하나의 테마를 다시 끄집어내었다. 즉, (그가 좋아하는) 트로이러스와 크레시다[19]를 패러디적인 인물로 볼 수 있는가, 아니면 사티로스극이나 조롱 뒤에 숨겨진 비극으로 간주될 수 있는지가 대한 것이었다. 곧 그의 능란한 손동작으로 도발되어, 토론은 단순한 이성적인 대화에서 시작했지만 불이 붙어 전율을 일으키는 흥분된 상태가 되었다. ― 느슨한 주장에 대한 반론이 결정적으로 등장하였다. 중간중간에 소리치는 소리가 날카롭고 예리하게 자극하면서 불같은 토론이 되었다. 결국 젊은 학생들은 거의 서로 적이 될 정도로 공격하였다. 그리고 나서 불꽃이 튀자, 비로소 그가 중간에 뛰어들어 너무도 격해진 공격성을 완화시키며, 토론은 본래의 주제로 되돌아 왔고, 그가 은밀하게 중재하면서 시대를 초월한 강력한 정신적인 도약이 이루어졌다. ― 그리고 그는 갑작스럽게 불꽃이 튀는 이 변증법적인 공연의 한가운

19 「트로이러스와 크레시다*Troilus and Cressida*」(1602): 셰익스피어의 작품명.

데, 스스로 즐겁게 흥분하여, 닭싸움 같은 토론을 격려하기도 하고 상처를 주기도 하면서, 젊음의 열정을 지니고 돌진하는 파도와 그 열정으로 인하여 스스로 충만한 마이스터로 서 있었다. 책상에 기대어, 가슴 위로 팔짱을 끼고서는 그는 어떤 이에게는 미소를 지으며, 다른 이에게는 비밀스러운 눈짓으로 반론에 대해 격려를 하면서 한 사람 한 사람을 쳐다보았다. 어제처럼 그의 눈은 고무되어 타오르고 있었다. 그는 갑자기 끼어들어 대화의 분위기를 망치지 않으려고 스스로를 제어하고 있었다. 그는 간신히 자신을 억제하고 있었다. 나는 그의 넓은 가슴 위를 커다란 나무판보다 더 강하게 누르고 있는 그의 손을 보았다. 가까스로 나오는 튀어나오는 말을 누르고 있는 입가에서 그것을 알아볼 수 있었다. 그러다 갑자기 그는 참지 못하고, 마치 수영하는 사람처럼 토론의 파도 속으로 뛰어들었다. — 시작을 알리는 손의 의미심장한 제스처와 함께 그가 지휘봉을 든 사람처럼 소동을 중단시키자, 모든 사람들이 즉시 입을 다물었다. 그는 원을 그리며, 모든 주장의 근거를 요약하였다. 그리고 그가 이야기하자, 어제 본 그의 얼굴이 나타났다. 주름은 떨리는 신경의 유희 속에서 숨어들었고, 머리를 비롯한 전체적 모습을 바싹 세운 용감한 영웅적 자세를 취하고 있었다. 귀 기울이며 움츠리던 자세로 그는 마치 돌진해 오는 폭풍우 속으로 흘러들어가듯 말하기 시작했다. 그는 열정적으로 즉흥 연설을 했다. 홀로 있는 경우에는 절제하고, 지성적인 강의 혹은 고독한 사무실에서는 흥분이라는 기폭제가 없지만, 흥분에 사로잡힌 순간에는 내면의 벽을 뛰어넘을 수 있다는 사실을 나는 예감하기 시작하였다. 오, 그는 자신의 감격을 위해 우리의 감격을, 그의 넘치는 감정을 위해서는 우리의 열린 마음이, 열정으로 젊어지기 위해 우리의 청춘을 필요로 하였음을 나는 얼마나 느꼈었는지! 그는 마치 심벌즈를 연주하는 사람처럼 그의 열렬한 손동작은 더욱 격렬해 가는 리듬으로 도취되었다. 그의 연설은 더욱 상승되고 불타올랐으며, 더욱 뜨거워진 단어로 색채를 띠기 시작하였다. 그리고 우리가 더욱 침묵하면서, (사람들은 자신도 모르는 사이에 공간 안에서 흥분된 상태를 느꼈다.) 그의 표현은 더욱 고양되고 흥미로워졌고, 찬가의 수준으로 드높아지고 있었다. 우리 모두는 이 몇 분 동안에 그에게만 종속되어 있었고 그의 충일 속에 귀 기울이고 술렁이고 있었다.

그가 괴테의 셰익스피어-담론에 대해 설명하다가 갑자기 강의를 마치자, 다시 우리들의 흥분은 격하게 두 팀으로 나뉘었다. 그리고 어제처럼 그는 지쳐서 책상에 기대고 있었다. 얼굴은 창백하고, 힘줄은 조금씩 경련하고 떨고 있었다. 강렬한 포옹에서 빠져나오는 여인에게서처럼 눈만은 열정적인 강의가 주는 희열로 놀랍게 불타오르고 있었다. 나는 지금 그와 이야기하는 것이 두려웠는데, 우연히 그와 시선이 마주쳤다. 그는 내가 감격에 가득 차며 감사해하는 것을 느끼고 있었다. 왜냐하면 그는 친절하게 나에게 미소를 지으며, 내 쪽으로 가볍게 몸을 기울이고 나의 어깨를 손으로 감쌌기 때문이다. 그는 나로 하여금 오늘 밤 내가 그의 집에 가기로 했다는 것을 상기시켰다.

7시 정각에 나는 그의 집을 방문하였다. 어린 나는 약간 떨면서 이 문턱을 넘어 첫발을 내딛고 있었다. 한 젊은이의 존경심보다 더 열정적인 것은 없을 것이다. 그리고 불안함과 부끄러움보다 더 소심하고, 더 여성스러운 것은 없을 것이다. 그는 유리가 번쩍이고, 수많은 저서의 다양한 색채의 옆면을 볼 수 있는 그의 작업 공간인 어스름한 방으로 먼저 나를 데리고 갔다. 책상 위에는 그가 특별히 좋아하는 (나중에 그가 나에게 이야기해 주었다) 라파엘로의 〈아테네 학당〉이 걸려 있었다. 왜냐하면 이 작품은 모든 종류의 교리, 정신의 모든 형상이 상징적으로 완벽한 합을 이루고 있기 때문이다. 나는 처음으로 그것을 보았다. 나는 소크라테스의 완고한 얼굴과 교수의 이마가 유사하다는 것을 발견했다. 뒤편에는 파리에서 출간된 저서의 표지에 있는 가니메드의 모습을 흰색의 대리석으로 아름답게 축소하여 만든 흉상이 빛을 발하고 있었고, 그 옆에는 독일의 대가가 만든 오래된 성 세바스찬이 놓여 있었는데, 향유하는 인물 옆에 비극적인 아름다움이 놓인 것은 우연이 아니다. 나는 두근거리는 가슴으로 주위에 성스럽게 침묵하는 예술의 모든 형상처럼 숨을 참으며 기다렸다. 비록 내가 정신적 아름다움을 마치 형제처럼 느꼈어도, 내가 한번도 예감한 적 없고 명확해지지도 않았던 새로운 종류의 정신적 아름다움을 이 모든 것이 상징적으로 말하고 있었던 것이다. 그러나 잠깐 동안만 관찰할 수 있었다. 왜냐하면 기대했던 그 사람이 들어서서 나에게 다가왔기 때문이었다. 그는 다시 부드럽게 감싸듯 나에게 손을 댔다. 그의 숨겨진 불길처럼 타오르는 시선이, 놀랍게도 나의 마음속에 가장 비밀스러운 것을 개방시켜 주었다. 나는 친구처럼 자유롭게 그에게 말했다. 그가 나의 베를린에서의 학업 과정에 대해 질문을 하자 그것이 갑작스럽게 나에게 압박감을 주었다. 나는 ―동시에 나는 놀라기도 하였다― 나의 아버지의 방문에 대해 말하기 시작했고, 그 낯선 이에게 대단히 진지하게 연구에 전념하겠다는 서약을 은밀하게 다짐하였다. 그는 감동하여 나를 바라보았다.

"진지함만이 있어서는 안 됩니다, 젊은 양반."

그는 말하였다.

"무엇보다도 열정이 있어야 해요. 열정적이지 않으면, 잘되어야 교사가 될 뿐입니다. ― 내면에서부터 대상에 다가가야 합니다. 항상, 항상 열정을 가지고 시작해야 합니다."

그의 목소리는 더욱 따뜻해졌고, 방은 더욱 어두워졌다. 그는 자신의 젊은 시절에 대해 많은 것을 얘기했다. 즉 그가 얼마나 바보스럽게 시작했는지, 얼마나 늦게 자신이 좋아하는 것을 발견했는지를. 나는 용기를 가져도 될 것 같았다. 그에게 의지하면, 그는 나를 지원해 줄 것이다. 나는 그에게 모든 소원과 질문을 무람없이 말했다. 나는 한 번도 나의 삶에서 그렇게 깊은 관심과 이해심을 가지고 나에게 말을 거는 사람을 보지 못했다. 나는 감사한 마음으로 몸을 떨었고, 어둠으로 인해 나의 젖은 눈을 감출 수 있어서 기뻤다.

나는 시간을 생각하지 않고 몇 시간 동안 그곳에 머물러 있었을 것이다. 그때 나지막하게 노크 소리가 들려왔다. 문이 열리고, 날씬한 체형의 누군가가 안으로 들어왔다. 그는 일어서서 소개하였다.

"나의 아내요."

날씬한 그림자가 들어오는데, 모습을 잘 알아볼

수 없었다. 그녀는 자신의 가느다란 손으로 나와 악수하고는 그를 향해 재촉하였다.

"저녁 식사가 준비되었어요."

"그래요, 그래요, 알았어요."

그는 급하게 대답하고 (나는 적어도 그렇게 느꼈다) 약간 화를 냈다. 그의 목소리에서 어떤 냉정함을 느낄 수 있었던 것 같았다. 마치 전기를 일으키는 빛이 폭발한 것처럼, 그는 나에게 자연스럽게 작별 인사를 하던, 다시 이성적인 대학 강단의 늙은 남자가 되었다.

그 후 2주 동안 나는 책을 읽고 배우는 일에 열정적으로 도취한 상태로 시간을 보냈다. 나는 거의 방에서 나가지 않았다. 시간을 조금도 낭비하지 않기 위해 서서 식사하였고, 멈추거나 휴식도 취하지 않았을 뿐 아니라, 거의 잠도 자지 않고 공부했다. 나는 굳게 닫힌 다른 방들의 봉인을 풀고, 온갖 보물이 쌓여 있는 모든 방들을 발견하고는 더욱더 열렬하게 이 공간들의 모든 비밀통로를 연구하여, 결국에는 마지막 공간을 찾아내는 어느 동양의 동화 속 왕자가 된 것 같았다. 나도 그 왕자처럼 이 책 저 책을 향해 돌진하였다. 어떤 작품에 대해서는 감동하고, 어떤 작품에 대해서는 만족하지 못하기도 했다. 나는 이제는 제어되지 못한 상태가 되어 정신세계로 빠져들어 갔다. 정신적 세계가 길도 없이 광활하다는 것을 처음으로 예감하게 되었다. 이 세계는 도시의 모험보다 나에게 더 유혹적이었다. 그러나 극복할 수 없는 소년다운 불안감도 가져다주었다. 나는 처음으로 값지게 여겨진 시간을 이용하기 위해, 잠도, 즐거운 모임도, 약간의 휴식할 수 있는 대화도 줄였다. 그러나 무엇보다도 나를 열심히 공부하도록 더욱 자극했던 것은 나의 스승이었고, 그의 신뢰를 저버리지 않는 것이었다. 이것은 그가 나를 인정한다는 미소를 받으며, 내가 그를 느끼듯 그도 같은 것을 느끼게 하려는 허영심의 발로였다. 모든 짧은 기회는 시험의 역할을 했다. 그를 감동시키고 경탄하게 만들기 위해, 서투르지만 고무적인 의미를 끊임없이 갖고자 했다. 그는 강의 시간에 나에게 한 낯선 시인에 대해 언급했다. 그러면 나는 다음 날 진행될 토론 시간에 나의 지식을 자랑하기 위해, 오후에는 논문을 찾는 작업을 하였다. 다른 사람들은 거의 인지하지 못했지만 그가 우연히 말한 소원이 나에게는 하나의 명령이 된 것이다. 학생들이 피우는 담배 연기를 싫어한다고 그가 가볍게 언급하는 소리에 나는 즉시 담배를 끊었고, 이제까지 좋지 않은 것이라 생각했던 습관을 단번에 중단해 버렸다. 그의 은총과 법칙은 나에게는 복음 전도사의 말씀과 같았고, 나의 긴장된 관심은 계속해서 그가 무심코 던지는 모든 언급을 욕심내고 놓치지 않았다. 그의 모든 말과 제스처를 탐욕스럽게 받아들이고, 낚아챈 것을 진심으로, 그리고 열정적으로 모든 감각을 동원하여 살펴보고 간직하고 있었다. 그를 유일한 지도자로 생각하는 것과 마찬가지로, 나는 참을성 없는 열정으로 다른 사람을 앞지르기 위해, 하루 종일 그리고 매일 질투심 넘치는 의지를 새로이 다짐하면서, 모든 동급생을 적으로만 느꼈다.

이제 그는 자신이 나에게 대단한 의미를 주고 있으며, 나의 격정적인 본질은 좋아하게 되었다는 것을 느끼고 있었다. ― 어쨌든 나의 스승은 공공연히 나에 대한 관심을 특별히 보여 주었다. 그는 나의 과제에 대해 조언해 주었고, 이건 거의 부적절하지만, 새내기인 나를 토론 수업에 참여하게 해 주었다. 나는 저녁에 그와 친밀한 대화를 하기 위해 그의 집을 여러 번 방문하도록 허락받았다. 그리고 그는 책장에서 여러 책 중에 하나를 꺼내, 흥분한 상태에서 항상 한 단계 더 밝게, 울리는 소리로 읽었다. 그리고 시와 비극에서 논쟁이 되는 문제들을 설명해 주었다. 처음 2주 동안 도취 상태에 있던 나는 19년을 산 것보다 예술에 대해 더 많은 것을 배웠다. 항상 우리 두 사람은 함께 있었는데, 나에게는 그 시간이 짧게 느껴졌다. 8시경에는 조용히 문 두드리는 소리가 나며, 그의 아내가 저녁 식사 시간인 것을 일깨워 주었다. 그러나 그녀는 우리의 대화를 중단하지 말라는 당부에 따라 방 안으로는 들어오지 않았다.

그렇게 14일이 지나갔다. 알차고 뜨거운 초여름의 나날들이었다. 그런데 어느 날 아침, 과도하게 느슨해진 용수철처럼 나의 작업 능력이 파괴되어 있었다. 나의 스승은 나에게 이미 경고했었다. 열정이 과한 나머지 과도하게 스스로를 채찍질해서는 안 되고, 때로는 중단하고 밖으로 나가라고 — 이제 갑작스럽게 그의 예언이 맞아 들어 가고 있었다. 내가 먹먹한 수면 상태에서 깨어나 책을 읽으려 하자, 모든 인쇄활자들이 머릿속에서 날아다녔다. 스승의 한 마디에도 노예처럼 성실한 나는 스승의 조언을 따르기로 결정하여, 학문에 열망했던 중에서도, 하루는 자유롭게 놀이에 몰두하기로 하였다. 나는 아침에 밖으로 나가 처음으로 부분적이나마 고색창연한 도시를 보았다. 긴장을 풀고, 초록 숲에 있는 전망대에서 작은 호수를 보기 위해, 수백 개의 계단을 통해 교회 탑을 올라갔다. 바다와 접해 있는 북쪽 지방 사람인 나는 수영을 대단히 좋아했다. 그리고 이곳 탑 위에서는, 알록달록한 색채를 지니는 초원이 초록빛 저수지처럼 빛을 발하는 것을 볼 수 있었다. 그것은 마치 고향의 바람이 덮쳐 오는 듯한 느낌을 주었다. 갑자기 좋아했던 물이라는 자연의 원소 속으로 다시 뛰어들고 싶다는 제어할 수 없는 욕구가 살아났다. 식사를 하고 나서 수영장을 찾아가 물속에서 이리저리 움직이니 나의 신체는 다시 즐거움을 느끼기 시작했다. 나의 팔의 근육들은 몇 주 만에 다시 유연하게 힘차게 뻗치고, 젖은 피부에 닿는 태양과 바람으로 말미암아 반 시간 만에 친구들과 싸움도 하고, 삶에서 무모함을 감행하던 예전의 거친 남자아이로 되돌아갔다. 과거의 나는 허세를 부리며 돌아다녔고, 책들과 학문에 대해서는 아무것도 몰랐다. 지금은 오랫동안 누리지 않았던 나만의 탐닉에 빠져, 두 시간 동안 다시 찾은 자연의 원소 속에서 이리저리 다녔다. 넘치는 힘을 떨쳐 내기 위해 대략 30번쯤 나는 점프대에서 뛰어내렸고, 호수를 헤엄쳐 두 번 정도 건너갔다. 그러나 나의 악동 기질은 여전히 사라지지 않았다. 숨이 차고 팽팽했던 모든 근육이 떨려 오자 결국 참지 못하고, 어떤 강한 것, 혼란스러운 것, 자유분방한 것을 하기 위해, 나는 어떤 새로운 다른 일을 시도하려 했다.

그때 저쪽 편에 있는 여성 전용 수영장의 점프대에서 어떤 소리가 들려왔다. 누군가 힘차게 뛰어내려 점프대까지 진동하는 것을 나는 느꼈다. 어떤 사람이 도약해서 튀르키예식 칼 모양 같은 반원을 만들며 뛰어내리고 있었다. 날씬한 여성의 신체가 높이 올라갔다가 곤두박질하여 내려갔다. 한순간 도약하다가, 물 위에서 찰싹 소리를 내고 동시에 하얗게 거품을 내며 소용돌이를 일으키고 있었다. 탄력 있는 몸매의 여성은 다시 떠올라 힘차게 헤엄을 쳐서 수영장의 가장자리 쪽으로 가고 있었다. "그녀를 따라잡아야지!" ― 나의 근육들은 스포츠의 즐거움을 만끽하고 있었다. 단번에 나는 물속으로 들어가, 어깨를 들어 격하게 빠른 속도로 그녀의 뒤를 쫓았다. 그러나 쫓기던 그녀는 내가 뒤따라오는 것을 인지했고, 힘차게 도약한 뒤에 앞서 있는 자신의 위치를 이용하여 능숙하게 가장자리를 지나쳐서 급하게 뒤로 돌아가 버렸다. 나는 그녀의 의도를 알아채고, 재빨리 오른쪽으로 방향을 틀어 힘차게 그녀가 지나간 자국을 뒤따라갔다. 그녀와 나 사이에는 불과 한 뼘 정도의 간격이 있을 뿐이었다. ― 그때 추적당하던 그녀가 갑자기 힘차고 노련하게 밑으로 내려갔고 잠시 후에는 더 이상 내가 쫓아오지 못하도록 여성 전용 수영장의 울타리 위로 올라갔다. 승리한 그녀는 물을 뚝뚝 떨어뜨리며 계단 위로 올라갔다. 숨이 찼던지, 순간 그녀는 가슴 위를 손으로 누르며 멈춰 서 있었다. 그러고 나서 몸을 돌려 내가 경계선을 넘어가지 못하고 있는 것을 보고 뻔쩍이는 치아를 보이며 승리를 만끽하는 웃음을 짓고 있었다. 나는 강한 햇빛과 수영모 때문에 그녀의 얼굴을 제대로 볼 수 없었다. 다만 그녀의 웃음이 패한 자를 조롱하는 것임을 알 수 있었다.

나는 화가 나면서 동시에 즐겁기도 했다. 베를린을 떠나온 이후로 다시 여성이 인정하는 눈빛을 보냈다는 것을 느꼈기 때문이었다. ― 아마도 하나의 모험이 손짓하는 것이리라. 나는 세 번 정도 스트로크해서 남성 전용 수영장으로 넘어왔다. 나는 출구에서 제 때에 그녀와 만나기 위해, 젖은 옷을 재빨리 갈아입었다. 나는 10분 정도 기다려야 했다. 가벼운 발걸음의 그 오만함은 ― 소년과 같이 날씬한 모습 때문에 명백해 보였다. 그녀는 내가 기다리는 것을 보자마자 내가 말 걸지 못하게 거절 의사를 분명히 표현하며 더욱 서둘러 갔다. 그녀는 힘차고 신속하게 달려갔다. 방금 전 수영한 모습에서 보듯, 약간은 대단히 날씬한 모습의 모든 관절은 사춘기 소년에게서 볼 수 있는 모습이었다. 나는 날아가듯 성큼성큼 걸어가는 그녀를 잡으려 했지만, 눈에 띄지 않으려고 노력했기 때문에 숨까지 헐떡이는 난감한 상황이었다. 마침내 나는 방향이 바뀌는 지점에서 먼저 가로질러 그녀와 마주쳤다. 나는 학생들이 하는 방법으로 크게 모자를 휘두르며 벗고는 그녀를 제대로 쳐다보지도 않고 함께 동반해도 좋으냐고 질문하였다. 그녀는 조롱하듯이 곁눈으로 쳐다보며, 열심히 걸어가는 것을 늦추지도 않은 채 나에게 거의 도발적이고 비꼬는 투로 대답하였다.

"내가 당신보다 빨리 갈 수 없을지도 모르죠. 그러나 설마 그럴까요? 나는 대단히 바쁘거든요."

이렇게 솔직하게 말하는 그녀의 태도에 더욱 힘입어 나는 더욱 집요하게 그렇지만 대부분 바보 같은 질문을 하였다. 그녀는 어이없어하면서도 편안하게 대답하였다. 나는 아주 혼란스러웠다. 왜냐하면 베를린에서는 재빨리 걸어가면서 솔직하게 말하는 것보다 저항이나 조롱을 노리는 대화법을 썼기 때문이었다. 나는 이 탁월한 적대자에 대해 미숙하게 대응했다는 생각이 두 번 정도 들었다.

그러나 상황은 더욱 나빠질 수밖에 없었다. 내가 더욱 경솔하게 추근대며 그녀가 어디에 사는지를 물어보자 ─ 그녀는 갑자기 갈색의 명랑한 두 눈동자로 내 쪽으로 방향을 돌려 압도하듯 쳐다보았다. 그리고 더 이상 웃음을 참지 못했다.

"당신과 아주 가까운 곳에 살아요."

나는 당황하여 그녀를 쳐다보았다. 그녀는 마치 파르티아[20] 사람들이 화살을 당기는 자세를 취하는 모습으로 옆에서 다시 나를 쳐다보았다. 정말로 그 화살이 내 목에 맞은 것 같았다. 갑자기 거만한 베를린식 대화의 톤으로 대답하는 것을 그만두고, 자신 없이 동행하는 것이 부담스럽지 않은지 나는 더듬거리며 물었다.

"왜 그렇게 생각하죠?"

그녀는 다시 미소를 지었다.

"이제 두 블록 정도만 남았어요. 우리는 함께 달려갈 수 있겠군요."

이 순간 나의 피가 요동치기 시작했다. 나는 계속 말을 할 수 없었다. 그러나 무엇이 도움이 될까, 다른 방향으로 간다는 것도 모욕적인 것이 될 수 있을 것이다. 그렇게 해서 나는 같이 내가 살고 있

---

20   파르티아Pathia: 고대 이란의 유목민이 세운 왕국이다.

는 집까지 동행해야 했다. 그때 그녀는 갑자기 멈추더니, 나에게 손을 내밀고 간단히 말을 했다.

"동행해 주셔서 감사해요. 오늘 6시에도 저희 남편을 방문하실 거죠?"

나는 부끄러워 얼굴이 붉어졌다. 내가 미안하다는 말을 하기도 전에, 그녀는 재빨리 계단을 올라갔다. 나는 놀라서, 바보 같지만 용감하게 간단한 말이라도 하려고 생각하며 서 있었다. 허풍선이이자 바보인 나는 일요일에 소풍을 나가서 그녀를 마치 처녀 대하듯 만나자고 말하며, 케케묵은 방법으로 그녀의 몸매를 칭찬하면서 외로운 대학생이 으레 하는 오래된 수작을 벌였던 것이다. 나는 부끄러움에 토할 것 같았고, 역겨움으로 질식할 것 같았다. 그녀는 웃으면서 남편에게 나의 바보 같은 행동을 다 이야기하겠지. 이 행동에 대한 평가로 나에게서 모든 사람이 떠나가고 무엇보다도 사람들이 많은 시장에서 벌거벗겨져 회초리를 맞는 것보다도 더욱 고통스러운 일이 벌어지지 않을까 하는 생각이 들었다.

저녁 시간까지 끔찍한 시간을 보냈다. 그가 아이러니한 미소를 지으며 나를 어떻게 맞이할까 수천 번 상상해 보았다. ─ 오, 그는 냉소적인 어법을 마스터한 분이고, 농담이라는 도구를 담금질해 나를 죽도록 찌를 것이라는 것을 알고 있었다. 내가 당시에 올라갈 때, 마치 단두대로 올라가는 죄인처럼 힘이 들었다. 나는 딸꾹질하는 것을 억지로 삼키며 방 안으로 들어갔지만, 나의 혼란은 더욱 가중되었고, 옆 방에서 그녀의 옷이 스치는 소리가 들리는 것 같았다. 분명히 그 오만한 여성은 허풍을 떠는 젊은이인 내가 당황하는 것을 고소해하고 수치심을 함께 즐기기 위해서 귀 기울일 것이다. 마침내 나의 스승이 들어왔다.

"무슨 일 있었나?"

그는 걱정하면서 물어보았다.

"오늘은 얼굴이 창백해 보이는군."

나는 괜찮다고 하였다. 마음속으로는 지저당할 것을 기다리는 마음이었다. 그러나 두려웠던 처벌은 일어나지 않았다. 예전처럼 학문적인 일에 대해서만 이야기하고, 그 어떤 말도 하지 않았다. 나는 불안한 마음으로 그가 말하는 것에 귀 기울이며 아이러니한 상황을 숨겼다. 그리고 ─ 그녀가 말을 하지 않은 것을 알고는 약간은 놀라워하며 행복감을 느꼈다.

8시 정각에 다시 방문을 두드리는 소리가 들려왔다. 나는 그 집을 나왔다. 심장이 다시 멎는 것 같았다. 내가 방에서 나오자, 그녀가 지나갔다. 나는 인사했고 그녀는 가벼이 미소 지으며 나를 쳐다보았다. 피가 솟구치지만, 이렇게 관대하다는 것은 계속해서 침묵할 것이라는 약속을 나에게 암시하는 것이리라.

이 순간부터 나는 새로운 관심을 갖기 시작했다.

이제까지는 나의 어린아이다운 경건한 존경심으로 말미암아 신격화된 스승을 또 다른 세계의 천재로서 받아들이고 있었기에, 스승의 지상에서의 개인적인 삶을 속속들이 관찰하는 것을 잊고 있었다. 과장되게 표현하자면 나는 그의 존재를 진실한 열정에 내재하는 것으로, 우리의 질서 있고 정돈된 세계의 모든 일상적 기능과 분리시키고 강화시켜 놓았던 것이다. 처음으로 사랑에 빠진 연인은 신격화된 소녀를 상상으로라도 옷 벗기려 하지 않을 것이고, 치마를 입은 다른 수천 명의 존재를 관찰할 때도 마찬가지일 것이다. 마찬가지로 그의 개인적 존재를 비열하게 살펴보는 일도 시도하지 않았다. 나는 언어의 사도로, 창조적 정신이라는 외면을 가지고 있는 이를 모든 물적이고 ─ 세속된 것에서부터 분리시켜, 그를 항상 승화된 존재로 느꼈었다. 그 비극적이고 코미디 같은 모험으로 갑작스럽게 그의 부인과 거리에서 만난 다음에 그의 가족, 즉

집안의 생활을 더욱 은밀하게 관찰하지 않을 수 없었다. 나의 의지와는 반하게 불안하지만 마치 탐정과 같은 호기심이 나의 눈을 뜨게 하였다. 마음속의 시선으로 그를 추적해 보기 시작하자, 그가 이미 갈피를 못 잡고 있는 것이 보였다. 왜냐하면 이 남자의 존재는 자신의 강의실 안에서는 독특하지만, 동시에 대단히 불안한 수수께끼 같은 존재였기 때문이었다. 그날 만나고 난 후에 식탁에 초대받았던 때부터, 그를 부인과 함께 관찰하였다. 두 사람의 혼란스러운 삶의 공동체에 대한 의구심이 솟구쳤다. 이 집 내부로 파고들면 들수록 나의 감정은 더욱 혼란스러워졌다. 두 사람 사이에 언어와 제스처에서 긴장감이나 언짢음을 볼 수는 없었다. 반대로 어떤 긴장이나 혹은 대립되는 양상도 보이지 않았다. 그것을 두 사람 모두 독특하게 은폐하였고 의중을 알 수 없게 하였다. 다시 말해 감정이라는 대단히 후덥지근한 바람이 침묵하고 있었다. 그러한 분위기는 갈등이 나타나거나 숨겨진 원한으로 인해 번개가 쳐 번쩍이는 것보다 더 부담스러워 보였다. 외적으로는 자극이나 긴장이 나타나지 않았지만, 가장 깊숙한 곳에서 거리를 두면 더욱 강력하게 느낄 수 있었다. 왜냐하면 그들은 대화를 그리 많이 하지 않는 데다가, 질문이나 대답도 빠르게 손가락 끝으로 표현했기 때문이다. 그들은 한 번도 서로 협력하는 모습을 보이지 않았다. 그리고 심지어 내가 자리한 식사 시간에도 그들의 대화는 자주 중단되고 정체되었다. 대화 분위기가 자주 얼어붙었다. 우리가 다시 일을 시작하지 않거나, 말을 하지 않는 동안에는, 아무도 그 상황을 깰 용기조차 내지 못하였고, 그 차가운 부담감이 한참 동안 나의 마음에 압박감으로 남아 있었다.

무엇보다도 그가 완벽하게 고독하다는 것이 나를 놀라게 하였다. 대단히 개방적인 성향의 이 사람에게는 어떤 친구도 없었으며, 그의 제자들만이 그를 에워싸고 위로하고 있었다. 대학의 모든 동료와는 정중한 인사치레 외에는 어떤 관계도 없었다. 그는 그의 동료들을 한 번도 방문하지 않았다. 그는 며칠 동안 학교에서 스무 걸음 정도 떨어진 집 외에 다른 곳은 가지 않았다. 그는 사람도, 논문도 신뢰하지 않으며 말없이 내면으로 파고들었다. 학생들의 논리 영역 수준에서 나는 마그마 같은 열정적이고 충만한 그의 말을 이해하였다. 그때는 며칠 동안 막혀 있었던 그의 솔직함이 터져 나와, 그가 침묵하며 간직하고 있던 모든 생각들이 제어되지 않고 쏟아져 나왔다. 이는 마치 기수들이 말을 타며 마구간에 불이 났다고 말하는 것처럼, 침묵이라는 울타리에서 나와 언어라는 내기 사냥 속으로 뛰어들어가는 것 같았다.

그는 집에서는 좀처럼 말을 하지 않았는데, 적어도 아내와는 거의 말을 하지 않았다. 어리고 경험이 없는 나는 불안하고 거의 부끄러울 정도로 놀라

위하면서, 두 사람 사이에 느낄 수 없는 물질로 된 그림자, 서로의 결합을 완전히 차단시키는 그림자가 드리워져 있음을 인식하게 되었다. 처음으로 나는 이 부부 사이에 얼마나 많은 비밀이 감춰져 있는지 알게 되었다. 마치 문턱에 부적이 있어서, 그의 아내는 특별한 요청 없이는 한 번도 그의 서재 안쪽으로 들어서려고 하지 않는 것 같았다. 그녀는 그의 정신적 세계와 완벽한 거리를 유지하고 있는 것이 확실해 보였다. 게다가 그는 그녀가 있을 때 자신의 계획이나 작업이 언급되는 것을 견디지 못했다. 그랬다. 그녀가 들어서면, 갑자기 열정적으로 고양되던 말이 뚝 끊겼는데 이것이 나를 곤혹스럽게 했다. 거의 모욕에 가깝도록 공공연하게 무시하면서 심지어 점잖게 감추지도 않았다. 그는 그녀가 관여하는 것을 사정없이 그리고 공개적으로 거부하였다. ─그러나 그녀는 모욕당하는 것을 인지하지 못하거나 그 상황에 이미 익숙한 것 같았다.

자유분방한 소년의 얼굴을 한 그녀는 가볍게 그리고 탄탄한 근육을 자랑하며 신속하고 유연하게 계단을 아래위로 날아다녔다. 그리고 항상 바빴지만 극장에도 가고 운동도 게을리하지 않았다― 그러나 35세의 부인은 책이나, 가정, 폐쇄적인 것, 고요한 것, 신중한 일과는 연관이 없었다. 그녀는 홍얼거리고 잘 웃으며 신랄한 대화를 하기도 하고 ― 춤, 수영, 달리기 등의 격렬한 일을 하기 위해 외출할 때는 행복해 보였다. 그녀는 한번도 나와는 진지하게 대화를 나누려 하지 않았고, 아직 어린 남자아이를 대하는 것처럼 나에게 고개를 끄덕였다. 기껏해야 나를 원기 발랄한 힘겨루기의 파트너로 생각하였다. 이 재빠르며 밝고 재치 있는 여성의 삶은 내면으로 아주 침잠하여 어둡고 정신적인 것에서 자극을 받는 나의 스승의 삶의 형태와 혼란스러울 정도로 대조를 이루고 있었다. 나는 매번 다시 놀라면서, 무엇이 이 두 낯선 사람을 결합시키고 있나를 스스로에게 질문하기도 하였다. 이 놀라운 대조가 나를 자극하였다. 나는 신경을 예민하게 하는 일을 하다가 그녀와 대화를 나눌 때면, 머리를 압박하는 투구를 벗는 것과 같은 기분을 느꼈다. 모든 일들은 황홀경의 흥분 상태에서 다시 일상의 색채를 얻게 되고 명쾌하게 지상으로 되돌아왔다. 사교적이고 명랑한 삶은 그만큼의 권리를 요구하였다. 긴장된 상황에서 내가 잊어버렸던 것은 과도할 정도의 정신적 압박에서 벗어나게 하는 웃음이었다. 그녀와 나 사이에 일종의 밝고 쾌활한 동료 의식이 결성되었다. 우리는 별로 중요하지 않은 일에 대해 편안히 수다를 떨거나 함께 극장에 갔다. 우리들이 함께 있다는 사실에는 어떤 긴장감도 없었다. 걱정거리 없는 우리의 대화를 가로막고 매번 나를 혼란스럽게 하는 유일한 것은 바로 그의 이름이 거론되는 것이었다. 그러면 그녀는 나의 호기심에 도발적인 침묵으로 맞서거나, 혹은 내가 열정적으로 말을 하면, 뭔가 감추는 듯한 미소로 대응하였다. 그녀는 다른 방식으로 입을 닫고 있었다. 그러나 격정적인 몸짓으로 그가 자신의 삶에서 그녀를 배제시키는 것처럼, 그녀도 자신의 삶에서 이 남자를 배제시키고 있었다. 그러나 두 사람은 15년 동안이나 같이 침묵하는 지붕 아래서 살았던 것이다.

이 비밀이 무엇인지 미궁에 빠질수록, 나의 초조함은 더욱 열렬해지고 정도가 심해졌다.

이곳에 그림자가, 베일이 드리워져 있었다. 바람을 타고 들려오는 이야기에서 나는 그가 흔들린다는 것을 느낄 수 있었다. 여러 번 그 흔적을 잡았다고 생각할 때, 그것은 미끄러지듯 사라져 버렸다. 혼란스럽게 뒤엉킨 것이 다음 순간 다시 나를 엄습해 왔다. 그러나 그것은 만질 수 있는 형태를 지녔거나, 포착할 수 있는 말이 아니었다. 그러나 젊은 남자에게 불확실한 것을 추측해 보려는 유희보다 더 놀랍고 흥미로운 일은 없을 것이다. 환상은 한가롭게 여기저기에서 배회하다가, 갑자기 포획할 수 있는 목표가 등장하자, 사냥하면서 새롭게 느껴지는 추적의 쾌감으로 긴장하게 되는 것이다. 당시까지 아둔한 젊은이였던 나에게서 완전히 새로운 의미가 점점 더 자라나고 있었다. 즉 무엇인가를 엿들으려 하는 얇은 막이 생성된 것이었다. 부지중에 들려오는 소리들을 포착하였고, 불신과 예리함으로 가득 차 염탐하고 포착하려는 눈빛으로 어둠 속에서도 샅샅이 찾아보고 파헤치려는 호기심을 지니게 되었다. ― 신경의 거슬림은 고통스러울 정도까지 되었고, 예감에 사로잡혀 흥분하기도 하면서 명확한 감정을 찾을 때까지는 사라지지 않았다.

그러나 나는 나 자신을 탓하고 싶지 않았다. 그것은 호기심으로 매우 흥분된 상태였지만 그래도 호기심은 순수한 것이었다. 나의 마음에서 일어난 모든 생각은 악의를 가지고 우월한 사람에게서 저질스러움을 알아내려는 탐욕스러운 호기심에서 비롯된 것이 아니다. ― 반대로 그것은 알 수 없는 불안, 어찌할 바 모르고 망설이면서 연민을 느끼고, 침묵하는 사람들에 대해 알 수 없는 불안감을 가지면서 어떤 고뇌를 예감하였던 것이었다. 내가 그의 삶에 더욱 가까이 다가갈수록, 사랑하는 스승의 얼굴에 드리워진 그림자가 나를 더욱 압박하였다. 왜냐하면 그 고귀한 의미의 우울증은 짜증에 겨워 투덜거리거나 될 대로 되라는 식으로 분노를 표출하는 정도의 그런 낮은 단계가 아니기 때문이다. 처음에 그는 화산처럼 폭발하는 말의 빛을 통하여 낯선 사람인 나를 매혹시켰고, 이제는 침묵이나 그의 이마 위에 어른거리는 슬픔이 잘 알고 있는 사람에게 더욱 깊이 감동을 주기 때문이었다. 젊은 나에게 남성의 숭고한 우수처럼 강력한 힘을 발휘하는 것은 없을 것이다. 심연을 내려다보는 사상가 미켈란젤로, 처절하게 자신의 내면으로 향하는 베토벤의 입, 세계에 대해 고뇌하는 이 비극적인 모습은 모차르트의 은빛 멜로디처럼 형상이 없는 감정보다, 레오나르도 다빈치의 조각을 비추는 빛보다 더욱 강하다. 아름다움 자체는 변용된 청춘이 필요없는 것이다. 그러나 생기 있는 힘이 과도하면 할수록 그것은 비극적인 성향을 가지게 되고 우울을 허용하고 아직 경험해 보지 않은 피를 달콤하게 흡수하고자 하는 것이다. 그러기에 위험을 경험할 준비가 되어 있는, 영원히 준비되어 있는 젊음은 정신 속의 고통에 다정하게 손을 내미는 것이다.

나는 이곳에서 진정으로 고통받는 얼굴을 처음 보았다. 소시민의 아들로, 중산계층의 안락함 속에서 별 어려움 없이 성장한 나는, 불쾌한 일이라고는 일상이라는 우스꽝스러운 가면, 질투라는 노란 의상을 걸친, 즉 돈과 연관된 자질구레한 일에 대한 걱정거리 정도만을 알고 있었다. ─ 이 성스러운 요소가 유래된 얼굴의 혼란에서 나는 즉시 알게 되었다. 어둠에서 망상이 유래하고, 내면에서부터 날카로운 칼이 일찍이 망가져 가는 뺨에 주름과 패인 곳을 만들어 내는 것이다. 내가 그의 방에 들어갔을 때나 (항상 초인적인 힘이 서려 있는 집으로 다가가는 어린아이의 두려움을 지니고) 그가 자주 생각에 잠겨 내가 노크하는 소리를 듣지 못할 때면, 나는 갑자기 자신을 잊고 있는 사람 앞에 당황하고 부끄러워하면서 서 있었다. 그러면 나는 마치 신비로운 절벽을 보며, 두려운 '발푸르기스의 밤' 주위를 떠돌며, 파우스트의 의상을 입고 바그너의 가면을 쓴 그를 보는 것 같은 느낌이 들었다. 그런 순간이면 그는 완전히 생각에 잠겨 다가오는 발걸음이나 소심하게 건네는 인사도 듣지 못하였다. 그러다 갑자기 정신을 차려 급히 대답하면서 당황한 모습을 감추려고 하였다. 그는 일어났다 앉으며, 질문하면서 관찰하는 나의 시선을 피하려 하였다. 그때 그의 이마 위에 어둠이 오랫동안 드리워져 있었지만, 활발한 대화가 마음속에 축적된 이러한 어둠을 거둬 낼 수 있었다.

그가 자신의 모습이 나를 감동시키고 있음을 나의 시선과 불안한 손동작으로 자주 느끼고 있는 것이 분명했다. 그리고 나의 입모양에서 불확실하게나마 믿어 달라는 요청, 혹은 그를 살펴보는 나의 태도에서 그의 고통을 나의 내면으로 받아들이려는 비밀스러운 열정을 인식하는 것 같았다. 분명히 그는 그것을 느꼈을 것이다. 왜냐하면 그는 활발히 진행하던 대화를 갑자기 중단하고, 나를 감동한 듯 쳐다보곤 했기 때문이다. 그렇다. 이러한 감정은 놀랄 정도로 따뜻하면서도 모호한 시선으로 나를 충만하게 하였다. 그러고 나서 그는 나의 손을 자주 잡았는데, 불안해하면서도 오랫동안 붙잡고 있었다. ─ 나는 항상 기다리고 있었다. 지금이야 지금, 지금 그는 나에게 이야기를 하게 될 거야. 그러나 그는 모든 걸 털어놓는 대신 무뚝뚝한 태도

를 취하면서, 차갑게 그리고 의도적으로 이성적이
거나 아이러니한 말을 하였다. 열정적으로 살아가
는 그는 나의 마음속에 열정을 부여하고 나를 각성
시키면서, 마치 서투르게 작성된 과제에서 오류를
삭제하려는 것처럼 보였다. 그의 신뢰를 목말라 하
는 나의 마음을 보여 주면 줄수록, 그는 더욱더 격
하게 냉정한 말을 하였다. "이해를 못하는군" 아니
면 " 너무 과장시키는군"라면서 나를 자극하고 의
혹에 빠뜨리는 말을 하였다. 자신도 자극받을 정도
로 격렬해지다가 갑자기 나에게 한기를 끼얹고, 갑
자기 아이러니한 언급을 하면서 야단을 치고, 나를
무의식적으로 자극시키며, 냉탕과 열탕을 왔다 갔
다 하는 번개가 번쩍이듯 튀는 이 남자가, 나를 얼
마나 고통스럽게 만들었는지 모른다. ─ 그렇다,
나는 정말 고통스러웠다. 그에게 가까이 갈수록 그
는 더욱 강하고 불안에 가득 차 나를 밀쳐 냈다. 그
와 그의 비밀에 다가가는 것은 그 어떤 것도 안 되

고, 그 어떤 것도 허용되지 않았다.

나는 그 비밀이 점점 더 중요해지는 것을 의식하게 되었고, 그 비밀은 저 낯설고 깊숙한 곳에서 마술처럼 유혹하며 스산하게 자리 잡고 있었다. 내가 감사하는 마음으로 그에게 절대적으로 복종하면 진전을 보이다가, 다시 수줍게 회피하면서 묘하게 도망가려는 시선에서 나는 어떤 비밀을 직감하였다. 나는 그의 부인의 꾹 다문 입술에서, 그리고 누군가 그를 칭송하면 거의 모욕하듯 응시하는 시내의 사람들이 보여 주는 냉정하면서도 자제하는 모습에서 — 백 가지 정도의 묘한 태도와 갑자기 당황하는 모습에서 그 비밀을 느꼈다. 그리고 그러한 삶의 내적인 영역에서 길을 헤매거나, 길을 모르고 그 근원과 심장으로 가기 위해 노력하는 미로에서와 같이, 그 영역 내에서 길을 잃는 것은 얼마나 고통스러운 것인지!

내가 가장 이해하기 힘들고, 흥분되는 것은 그의

일탈 행동들이었다. 수업에 출석한 어느 날, 이틀 동안 휴강될 것이라는 쪽지 하나가 있었다. 학생들은 놀라는 것 같지 않았다. 그러나 바로 어제 그의 집에 있었던 나는 그가 병이 들었을 것이라는 불안에 사로잡혀 급하게 그의 집으로 갔다. 내가 급하게 안으로 들어가 흥분하여 묻자, 그의 아내는 멋쩍은 미소를 지었다.

"그런 일은 자주 있어요."

그녀는 이상할 정도로 냉정하게 말했다.

"당신만 모르는 거예요."

그리고 정말로 그는 자주 갑작스레 사라지고 단지 전화로만 양해를 구한다는 것을 한 학우에게서 알게 되었다. 한 학생이 새벽 4시에 베를린의 거리에서, 다른 학생이 낯선 도시의 술집에서 그와 만났다고 말했다. 그는 갑자기 어디론가 갔다가 되돌아오는데, 아무도 그가 어디에 있었는지 모른다는 것이었다. 이런 갑작스러운 일은 마치 질병처럼 나를 불쾌하게 하였다. 나는 멍하고, 불안하고 산만한 상태로 이틀 동안 방황하였다. 그가 곁에 없는 공부는 아무 의미가 없어졌다. 나는 상상하면서 혼란스러워지고, 질투하는 마음까지 생기면서 야위어 갔다. 그의 폐쇄성에 대한 증오와 분노가 나의 마음속에 솟아올랐다. 그는 열렬하게 접근하는 나를 마치 추위에 떨고 있는 거지처럼 그의 실제의 삶에서 내쳤던 것이다. 아직 어린 학생인 나는 변명이나 설명을 요구할 어떤 권한도 없었다. 그가 먼저 호의를 보이면서 교수가 행하는 의무 이상의 신뢰를 백 배 이상으로 주었기 때문이라고 나는 자신을 설득하였다. 그러나 이성은 타오르는 열정에 어떤 힘도 발휘하지 못하였다. 멍청한 어린아이인 나는 하루에 10번 이상 그가 돌아왔는지 확인하였다. 사모님이 결국 화를 내면서 아직 돌아오지 않았다고 대답하자, 나는 분노를 느꼈다. 나는 한밤중에도 깨어나 그가 집으로 돌아오는지 귀 기울였다. 아침에는 그의 집 앞 주위를 불안하게 돌아다녀 보았지만, 차마 그가 돌아왔는지 물어보지 못하였다. 3일째 되던 날 마침내 그가 불쑥 나의 방 안에 들어서자 나는 숨을 쉴 수가 없었다. 나의 놀라움은 과했을지도 모른다. 내가 몇 개의 별 의미 없는 질문을 하자, 그의 혼란스러워하고 낯설어하는 반응에서 적어도 이 점을 인지하였다. 그의 시선은 나를 피했다. 처음으로 우리의 대화는 어긋나기 시작했다. 말들이 서로 뒤엉키자, 우리 두 사람은 그가 갑자기 떠나간 상황에 대해서 언급하기를 암묵적으로 강력하게 피하였다. 오히려 그 일에 대해 말하지 않는 것이 서로의 대화를 가로막았다. 그가 나에게 대답하지 않으니, 호기심은 불꽃처럼 타올랐고, 호기심은 잠잘 때도 깨어 있을 때도 나를 지치게 하였다.

몇 주 동안 해명을 하고 깊은 인식에 도달하고자 치열하게 노력했다. 나는 침묵하면서, 화산처럼 불꽃을 터뜨리는 핵심을 향해 고집스럽게 접근하였다. 마침내 그의 내면으로 파고들어 갈 수 있는 첫 번째 행복한 순간이 다가왔다. 언젠가 나는 다시 그의 방에서 저녁때까지 머물러 있었다. 그는 서랍에서 셰익스피어의 몇 개의 소네트를 끄집어 내어 해석할 수 없는 암호를 마술처럼 해명하기 위해서, 청동처럼 견고한 형상들을 자신만의 해석으로 읽어 내려갔다. 쏟아내듯 그 사람이 준 모든 것이 허무하게 흘러가 버린 말로 사라질 수 있기에, 나는 행복하면서도 아쉬움을 느꼈다. 그때 ─내가 어떻게 그런 용기를 냈지?─ 나는 용기를 내어, 그에게 왜 『글로브 극장의 역사』라는 대작을 완성하지 않았냐고 질문하였다. 채 말을 끝내기도 전에, 나는 그의 비밀스럽고 고통스러운 상처를 크게 건드렸다는 것을 알아차리고 놀라고 말았다. 그는 일어서 몸을 돌리고는 오랫동안 침묵하였다. 방안에 갑작스러운 어두움과 침묵이 가득 찬 것 같았다. 마침내 그는 나에게로 와서 나를 진지하게 쳐다보았다. 말하기 전에 입술이 여러 번 실룩거렸다. 고통스러워하며 그는 고백하였다.

"나는 그런 위대한 작업을 할 수 없었습니다. 모든 것이 끝났습니다. 젊었을 때 대담하게 계획한 것입니다. 이제 나에게는 더이상 체력이 남아 있지 않습니다. 나는 ―왜 그것을 숨겼나요?― 짧은 순간만을 견뎌 낼 수 있는 사람이 되어 버렸습니다. 나는 끝까지 해낼 수가 없습니다. 예전에 나는 힘이 넘쳤지요. 그러나 이제는 아닙니다. 나는 단지 이렇게 말할 수 있을 뿐입니다. 그것은 나를 지탱하기도 하지만, 망치기도 합니다. 그러나 조용히 앉아서 작업하는 것, 언제나 혼자, 언제나 혼자서 하는 일을 나는 더 이상 할 수 없습니다."

나는 체념하는 그의 모습을 보고 감동받았다. 확신을 가지게 된 나는 주제넘게 주장하였다. 그가 편안하게 매일 우리에게 주었던 것을, 단순히 자신의 지식을 나누어 주는 것이 아니라, 확고하게 고정시켜, 자신의 것으로 만들어 갖기를 원할 것이라고.

"나는 글을 쓸 수가 없어요."

그는 지친 듯 반복했다.

"나는 집중할 수 없습니다."

"그럼 구술하세요!"

그의 이야기를 듣고 너무도 기쁜 나머지 나는 거의 애원하듯 말했다.

"그렇게 저에게 구술해 주세요. 한번 시도해 보세요. 아마도 시작만 하면 — 그러면 당신은 더 이상 되돌릴 수 없을 겁니다. 구술을 시도하세요. 부탁합니다. 저를 위해서요."

그는 처음에는 놀라더니 곧 생각에 잠기다가 나를 쳐다보았다. 그는 골똘히 생각에 잠긴 듯 했다.

"당신을 위해서라고요?"

그는 다시 반복했다.

"늙은 내가 어떤 일을 하는데, 그 일이 다른 사람에게 기쁨을 줄 수 있다고 말하는 겁니까?"

나는 그가 머뭇거리면서도 이미 약해졌음을 느끼게 되었다. 명확하지는 않지만 내면에 담겨 있는 그 계획이, 점차 드러나 희망으로 마음이 밝아진다는 사실을 나는 그의 시선에서 느꼈다.

"정말로 그렇게 생각합니까?"

그는 다시 반복했다. 나는 그가 의지를 지니고 어느 정도 준비되어 있음을 느꼈다. 그러고 나서 갑자기 그는 대답했다.

"우리 한번 해 봅시다! 젊은 사람들이 항상 옳지요. 그 의견에 따르는 것이 현명할 것입니다."

밖으로 표출되는 격한 즐거운 마음이나 승리를 기뻐하는 듯한 소리가 그를 더욱 생동감 넘치게 했다. 그는 흥분하여 젊은이처럼 활달하게 이리저리 돌아다녔다. 우리는 의견일치를 보았다. 저녁 식사 후 매일 저녁 9시에 모여 우리는 한 시간 동안 작업하기로 했다. 다음 날 저녁, 우리는 구술 작업을 시작했다.

이 시간들을 어떻게 묘사해야 할까! 나는 하루 종일 이 시간을 기다렸다. 오후가 되자 나는 이미 불안하고 신경을 지치게 하는 걱정으로 압박감을 느끼고 조급해졌다. 저녁이 될 때까지의 몇 시간을 기다릴 수 없었다. 우리는 식사를 마친 후, 그의 서재로 갔다. 나는 그에게 등을 돌리고 책상에 앉았다. 그사이 그는 방에서 이리저리 불안하게 왔다 갔다 했다. 마침내 그의 내면에서 리듬이 집결되어 고양된 말로 된 서문이 나오기 시작했다. 이 경이로운 사람은 음악적 감수성을 가지고 모든 것을 완성하였다. 자신의 이념을 실행하기 위해서, 그는 항상 예비 동작을 필요로 했다. 그것은 하나의 형상이자 용감한 은유였으며, 자기도 모르는 사이에 재빨리 진전시키면서 자극을 받고, 극적인 장면으로 확대되는 입체적인 상황이었다. 모든 창조적인 것들의 거대하고 소박한 형상으로 된 어떤 것은 즉흥적이지만 빛을 발하는 것에서 번개처럼 나타나는 것이다. 나는 그 행들을 기억한다. 단락들은 약강격의 운율로, 다른 단락들은 배에서 벌어진 내용들을 다룬 호메로스의 작품과 월트 휘트먼[21]의 야생적인 찬가에서와 같이 폭포처럼 넘치는 훌륭한 열거들로 만들어진 것 같았다. 작품의 비밀 속으로 파고들어 갈 수 있는 기회가 나와 같이 젊고 아직 완성되지 않은 사람에게 처음으로 주어졌다. 사상이, 아무 색채도 없지만 순수하고 넘쳐흐르는 열기로, 마치 자극적인 흥분이란 종을 만드는 주조용 쇳물이 그릇에서 넘쳐 흐를 때 냉각되면서 점차적으로 그 형태를 발견했고, 이 형태처럼 유효하게 마무리되고 모습을 드러내어, 마침내 언어는 명확해지고, 종에 매달린 추가 소리를 내고 시적으

---

21 월트 휘트먼Walt Whitman(1819–1892): 미국의 시인이자 수필가.

로 느끼는 사람에게 인간의 언어를 부여했다. 그리고 리듬 개개의 단계, 무대에 적합하게 완성된 상징의 서술처럼, 위대한 작품은 찬가의 형태로 구성되었다. 그 찬가는 지상에서 가시적이고, 지상을 느끼게 하는 무한한 형식으로, 먼 곳에서 먼 곳으로 물결치며, 높은 곳으로 올라갔다가는 깊은 곳으로 숨어 버리기도 하며, 때로는 맹목적으로 때로는 함축성 있게 지상에서의 운명과 유희하면서, 인간이라는 배가 흔들리며 항해하는 바다에 대해 노래했다. 우리의 혈관 속에 소리 내며 흐르면서 파괴하는 원소적 힘으로서의 비극적인 것을 표현하는 것은 바다의 형상이라는 위대한 비유를 통해 성장했다. 이 형상적 파도는 개개의 나라에 몰려갔다. 대지의 모든 울타리, 지구의 영역들을 위험하게 에워싸는 불안한 요인에 의해 영원히 파도의 물결이 부딪혀 부서지는 섬의 나라 영국이 떠오른 것이었다. 영국에는 이러한 것이 국가를 형성하였다.

마침내 잿빛과 푸른색을 띤 맑은 눈동자란 그릇에 까지 차갑고 명확한 자연의 힘이 파고들어 갔던 것이다. 모든 개인은 대양인 동시에 섬의 인간이다. 그의 나라와 마찬가지로 폭풍우와 수많은 위험으로 인해 강력하고 격정적이 된 열정은 수백 년 동안 바이킹의 항로를 따라 끝없이 자신들의 힘을 시험했던 이 민족에게 항상 현존한다. 그러나 지금은 파도가 항상 바위에 부딪혀 부서지던 나라 위에 평화가 어려 있다. 그러나 폭풍우에 익숙한 그들은 계속해서 매일 위험한 사건이 발생하는 바다를 원한다. 그리고 그들은 피가 뚝뚝 떨어지는 연극 속에서 바람을 일으키는 긴장감을 창조하는 것이다. 동물 사냥과 결투 장면을 위해 나무로 된 극장이 만들어진다. 그것은 곰들이 피를 흘리고, 닭싸움이 두려움의 환희를 잔인하게 자극하는 것이었다. 그러나 인간과 영웅이 충돌하면서 순수하게 흥분된 긴장감이 더욱 고조된다. 그리고 숭고한 연극 무대에서, 교회의 신비극에서 거대하게 물결치는 인간의 놀이가 생성되고, 모든 모험의 반복이 심정의 내적인 물결 위에 만들어진 것이다. 새로운 무한함, 열정이 충만하고 정신이 고양되는 다른 바다 한가운데서 후기의, 그리고 여전히 강력한 앵글로·색슨족은 흥분하여 배를 조종하고, 숨 가쁘게 벗어나는 것을 새로운 즐거움으로 삼고 있는 것이다. 즉 영국의 드라마, 엘리자베스 시대의 드라마가 성립된 것이다.

그가 이 야만적인 원시 세계의 기원을 묘사하면서, 형상적 단어들이 낭랑하게 소리 내기 시작했다. 처음에 속삭이듯 급하게 나오던 그의 목소리는 근육과 인대를 긴장시켜 더욱 자유롭고 높이 날아가면서 빛을 발하는 금속으로 된 비행체가 되었다. 그 목소리에 비하면 방이 너무 좁았다. 목소리에 화답하며 벽이 몰려들었기에, 방은 넓은 공간이 필요했다. 나는 내 머리 위에서 폭풍이 몰아치는 소리를 들었다. 윙윙거리는 바다의 소리를 내는 입은 격렬하게 울리는 단어를 내뱉고 있었다. 책상에 고개를 숙이고 있던 나는 마치 고향의 사구에 와 있는 것 같았다. 수많은 파도와 불꽃이 튀는 듯한 바람의 윙윙거리는 소리는 숨결처럼 더욱 가까이 다가왔다. 그는 처음으로 놀라며 두려워하면서도 행복해하는 나의 마음속으로 인간의 탄생처럼 단어가 창조될 때 느낄 수 있는 모든 전율을 불어넣었다.

나는 스승이 말을 끝내면, 그다음에 구술 작업을 하였는데, 학술적인 의도가 강력한 영감을 언어로 제시하면 사상을 문학 작품으로 만든 것이었다. 그러고 나서 나는 비틀거리며 일어났다. 대단한 피로감이 강력하게 몰려왔고, 그것은 고갈되어 이미 방전된 상태인 그와는 대단히 다른 피로였다. 그사이 조금 상황이 나아진 나는 그 넘치는 충만함을 느끼고 전율하였다. 그러나 우리 두 사람은 잠을 자거나 휴식을 취하기 위해 점점 더 대화를 줄여야 했다. 나는 속기록을 반복하여 작업하였다. 기호가 단어로 변하자마자 다른 목소리가 말을 했고, 숨을 내쉬면 나의 목소리에서 다른 목소리가 등장하였다. 그래서 나에게는 하나의 본질이 입에서 언어로 교환되는 것 같았다. 그리고는 이내 나는 인식하게 되었다. 반복적으로 낭독하면서 그의 억양을 모방한 것이 대단한 의미를 지니게 되었으며, 마치 그가 내 안에서 말을 한 것 같았고, 나는 아무 말도 하지 않은 것 같았다. ― 그렇게 나는 그의 본질의 반향이었고, 그의 말을 울려 퍼지게 하는 존재인 것이다. 이 모든 것이 40년 전 일이다. 그리고 오늘날 내가 강연을 할 때, 연설이 나에게 빠져 나와 날아오르면, 나는 갑자기 무엇엔가에 사로잡힌 것 같았고, 내가 이야기하는 것이 아니라 나의 말하는 입에서 다른 누군가가 이야기하는 것을 느꼈다. 돌아가신 소중한 그분, 나의 입술에 아직도 그 숨결이 남아 있는, 돌아가신 그분의 목소리를 나는 인식하였다. 열정이 나를 날아오르게 하면, 나는 그가 되는 것이다. 그리고 나는 그 시간들이 내 안에 각인되었음을 안다.

작업은 완성되어 갔다. 그것은 나의 주위에서 숲처럼 자라면서, 점차 외부 세계에 대한 모든 조망을 어둡게 하였다. 나는 그 집의 어둠 속에서만, 즉 더욱 확대되는 작품이라는 나뭇가지가 소리를 내고 점점 더 윙윙거리는 가운데서, 그리고 이 분의 넓고 따뜻한 영역 안에서 살아갔던 것이다.

대학 강의 시간 외에 나의 모든 하루는 그에게 속해 있었다. 나는 그의 책상에서 밥을 먹었고, 밤낮으로 그의 집에서 나의 집으로 계단을 오르내리며 보고하였다. 나는 그의 집 열쇠를, 그는 나의 집 열쇠를 가지고 있었다. 그래서 그는 거의 귀가 안 들리는 집주인 아주머니에게 소리치지 않아도 언제나 나를 만날 수 있었다. 이러한 새로운 공동체가 더욱 단단하게 결성되면서, 더욱더 완벽하게 나는 외부와 단절하게 되었다. 나는 내면의 따뜻함과 동시에 차단된 존재의 차가운 폐쇄성, 양면을 공유하였다. 나의 동료들은 모두 나에게 어느 정도의 냉담함과 경멸감을 숨김없이 드러내기도 하였다. 어쨌건 그것은 내가 명백하게 특별대우를 받는 것으로 인하여 은밀한 비밀재판이 이루어진 것이거나 도발된 질투심에서 온 것이었으리라. ― 어쨌거나 나는 주위 사람에게서 완전히 고립되었다. 세미나 토론 시간에 학생들은 명백히 약속이나 한 듯 나에게 말을 걸거나 인사하는 것을 피했다. 교수들도 적대적이고 혐오하는 감정을 감추지 않았다. 내가 라틴어 문헌학 강사에게 사소한 정보 하나를 요청하자, 그는 비꼬는 말투로 냉대하였다.

"그 교수의 최측근인 당신 … 그 점에 대해 더 잘 아실 텐데요."

나는 그러한 부당한 대우를 받고서는 해명하려

했지만 아무 소용이 없었다. 말이나 시선이 그러한 해명을 회피하였다. 나는 두 사람의 고독한 사람들과 살면서부터, 스스로 완전히 고립되는 것을 택했다.

나는 사회적으로 고립된다는 사실에는 크게 걱정하지 않았고 정신적인 일에 몰두하였다. 그러나 그러한 과도한 긴장 상황이 지속되자, 나의 신경이 점차적으로 견디지 못했다. 사람들은 끊임없이 정신적으로 과민한 상태로 벌을 받으며 몇 주 동안 살지 못할 것이다. 거기에다가 나는 나의 삶을 너무도 갑자기 근본적으로 바꾸어 버렸고, 대단히 격렬하게, 극단적 상황에서 다른 극단적 상황으로 빠지게 되었다. 이런 상황은 우리 사이에 비밀스럽게 출렁이는 자연의 균형을 위태롭게 하지 않기 위한 것이다. 베를린에서는 편안하게 배회하면서 나의 근육이 편안히 이완되었고, 여인들과 사귀면서 쌓였던 불안은 장난처럼 부드러워져 있었다. 그런데 이곳에서는 후덥지근하고 억압적인 분위기가 계속해서 과민한 나의 신경을 압박하였다. 나의 내면은 경련하였고, 전기가 통하는 것처럼 저릿하였고, 어떤 날카로운 것으로 에워싸인 것 같았다. 내가 밤부터 새벽까지 간밤에 스승이 말씀한 글을 받아쓰는 일을 (나의 사랑하는 스승에게 빨리 전달해 주기 위하여, 초조하기도 하고 흥분하여) 나의 즐거움이라 생각하더라도, 아니 그렇게 생각하기 때문에, 나는 깊고 편안한 잠을 이루지 못했다. 대학에 급하게 과제를 제출해야 했지만, 스승과의 대화는 나를 조금도 힘들게 하지 않았다. 왜냐하면 나의 신경은 스파르타식으로 긴장하였기 때문에, 그가 있을 때 한번도 일을 중단한 적이 없었다. 불쾌감을 느낀 나의 신체는 이처럼 긴장한 상황에서 복수를 그리 오래 미루지 않았다. 나는 여러 번 잠깐 실신하기도 하고, 위험해진 본성이 보내는 경고에 여러 번 습격당하였다. 나는 미친 듯이 달렸고 — 최면에 걸린 것 같은 피곤함은 더욱 증대되어 갔다. 나는 감정을 더욱 격하게 표현하였고, 잠을 못 이루자 이제까지 억눌렸던 혼란스러운 생각을 자극하면서 날카로워진 신경은 그 뾰족한 끝을 내부로 향한 채 자라고 있었다.

나의 상태가 중대한 위기에 처했다는 것을 알아챈 첫 번째 사람은 사모님이었다. 나는 그녀가 불안한 시선으로 나를 살피는 것을 자주 느꼈었다. 그녀는 대화를 하던 중에 의도적으로, 나에게 한 학기 만에 세계를 정복하려는 의지를 가지지 말라는 등 경고하는 말을 자주하였다. 결국 그녀는 거침없이 조언했다. 햇빛이 밝게 비추던 일요일에 문법 공부에 열중하자, 그녀는 "지금으로 충분해요"라고 말하면서 나의 책을 빼앗아 버렸다.

"젊고 활기찬 사람이 어떻게 그렇게 명예욕의 노예가 될 수 있나요? 내 남편에게서 모범을 찾지 마세요. 그는 나이 들었고 당신은 젊어요. 당신은 다르게 살아야 해요."

그녀가 그에 대해 말을 할 때면 항상 불꽃이 튀는 듯했고, 저변에는 경멸의 의미가 깔려 있었다. 그에게 헌신하는 나는 그녀의 격분에 찬 어조에 화를 내며 반항하였다. 의도적인, 그것은 아마도 일종의 부적절한 질투심일 것이라고 나는 느끼고 있었다. 그녀는 항상 그에게서 나를 떼어 놓으려고 했고 비꼬는 동작으로 나의 과도함을 드러냈다. 저녁에 내가 너무 오랫동안 글을 받아 적고 있으면 그녀가 힘껏 문을 두드렸고, 그가 화를 내며 거부하는데도 아랑곳하지 않고 일을 끝낼 것을 강요했다.

"그는 당신의 신경을 망가트릴 거예요. 그가 당신을 완전히 파괴할 거라고요."

어느 날 내가 지쳐 있는 것을 보고는, 그녀는 나에게 화를 내며 말했다.

"단 몇 주 만에 그가 당신을 이 지경으로 만들어

놓았군요. 당신이 당신 스스로에 대해서 광분해지는 것을 나는 더 이상 볼 수 없네요. 게다가…"

그녀는 말을 멈추고는 문장을 끝맺지 못하였다. 그러나 그녀의 입술은 분노를 억누르며 떨고 있었다.

그리고 정말로, 나의 스승은 나를 도와주지 않았다. 내가 그에게 열정적으로 봉사하면 할수록, 그는 내가 그를 존경하는 마음으로 그를 돕는 일을 중요하지 않은 일로 평하는 것 같았다. 그가 나에게 감사하다는 말을 하는 일은 드물었다. 내가 밤새 작업한 논문을 아침에 그에게 가져다주어도, 그는 무뚝뚝하게 거절하듯이 말을 했다.

"내일까지 여유가 있는데."

친절을 기대하지 않아도 나는 넘치는 열정으로 전력을 다했지만, 어느 날 대화를 하던 중 나는 갑자기 단호한 어조로 비꼬는 말을 하고 말았다. 그는 내가 정말로 의기소침하고 혼란스러워하는 것을 보고, 다시 나의 의구심을 위로하는 듯한 따뜻한 시선을 보냈다. 그러나 사실 그런 일은 자주 일어나지 않았다. 정말 드문 일이었다. 이 냉탕과 온탕을 오가는, 때로는 흥분시키고, 때로는 화를 내며 밀치는 그의 본질은 나의 제어되지 않는 감정을 완벽하게 혼란스럽게 하였다. 그렇다. ― 내가 정말로 열망했던 것, 원했던 것, 요구했던 것, 추구했던 것을, 그리고 열정적으로 헌신하는 것에 대해 그가 어떤 징표로 관심 표하기를 기대했던가에 대해 나는 뭐라고 정확하게 설명할 수 없었다. 왜냐하면 존경하면서 느끼는 열정으로 말미암아, 나는 한 여인에게 관심을 가지게 되었기 때문이다. 그녀는 무의식적으로 육체적인 성취감을 추구했고, 본성은 궁극적 합일을 신체에서 예술적으로 형상화하였기 때문이었다. ― 그러나 정신의 열정은 남자 대 남자로 나타났었는데, 어떻게 그녀는 실현될 수 없는 완벽한 충만을 원했던 것일까? 그녀는 쉬지 않고 존경하는 형상 주위를 배회하며, 항상 새로운 도취 상태로 잠시 되살아났지만, 한번도 마지막 헌신을 통해서도 위로받지 못했다. 그녀는 항상 쏟아냈지만 그렇다고 완전히 다 내놓은 것도 아니었다. 정신도 영원히 만족스럽지 못했다. 나 역시 그와 가까이 있어도 한번도 충족되지 않았다. 그의 실체에 대해서는 잘 알 수 없었으며 오래 대화를 하여도 충족되지 않았다. 그가 믿음을 주면서 서먹함이 사라지는 듯하다가도 다음 순간 그는 아주 가깝게 느꼈던 종속 관계조차도 잘라내 버리는 제스처를 취하며 해체하는 것이다. 그의 변덕스러움으로 인하여 나의 감정은 점점 더 혼란스러웠다. 내가 흥분하여 바보스러운 행동을 할 뻔했다고 해도 과장은 아니다. 왜냐하면 내가 그에게 주의를 환기시켰던 책을 그가 아무 일 없는 것처럼 가볍게 툭 치면서 옆으로 치워 버릴 때, 밤에 우리 사이에 대해 깊은 대화를 하면서, 내가 그의 사상에 깊이 몰두하여 있을 때 ─나의 어깨에 부드럽게 손을 올려놓았다가는─ 갑자기 일어서서 무뚝뚝하게 "가세요. 늦었네요. 잘 가요"라고 말할 때면, 그런 사소한 일은 몇 시간 혹은 며칠 동안 나를 혼란시키기에 충분하였다. 끝없이 흥분하도록 요구받으면서 나의 예민한 감정은 병들게 되었다. 물론 의도되지는 않았지만 ─ 내면의 감정의 혼란에 대해 스스로를 진정시키려는 모든 노력은 아무 도움도 되지 않았다. 이런 일이 매일 일어났다. 나는 그의 가까이에서 타올랐다가 그가 멀어지면 얼어붙었다. 항상 그의 행동 때문에 실망했고, 안심시켜 주는 어떤 징표도 없었기에, 모든 우연한 일로도 혼란스러웠다.

특이한 일이었다. 그 때문에 내 마음이 불쾌감을 느낄 때면, 나는 항상 사모님에게로 도피하였다. 아마도 그것은 말도 하지 않고 거리를 두는 그의 행동 때문에 똑같이 괴로워하는 사람을 찾으려는 무의식적 충동이었을 것이다. 단순히 어떤 사람과 이야기할 수 있다는 것이 별 도움이 되지 않더라도, 나를 이해해 주는 사람이 필요했던 것이다. ─ 어쨌건 나는 항상 어떤 비밀스러운 동맹을 맺은 듯한 그녀에게 달려갔다. 일반적으로 그녀는 나의 예민함을 조롱하거나 어깨를 으쓱하며 내가 이런 고통스러운 특이함에 익숙해야 한다고 차갑게 말하기도 했다. 그러나 갑작스럽게 절망하여 비난하고, 눈물을 뚝뚝 흘리며 말을 더듬기도 하고 경련하듯 말을 내뱉으면, 그녀는 가끔은 진지하게 놀라는 눈빛으로 나를 쳐다보았다. 그래도 그녀는 한마디도 하지 않았다. 그녀의 입 주변에는 자제하는 빛이 보였고, 분노에 휩싸여 경솔한 말을 하지 않기 위해 온 힘을 다하는 것을 느낄 수 있었다. 의심할 바 없이 그녀도 무엇인가 나에게 이야기해야 했다. 그녀도 그와 똑같이 어떤 비밀을 숨기고 있는 것이다. 그가 무뚝뚝하게 나를 밀쳐 내는 동안에, 내 말이 그와 거의 같아지면, 그녀는 대부분 농담을 하거나 즉흥적으로 장난을 치면서 갑자기 화제를 돌렸다.

단 한 번 나는 그녀가 말을 하도록 유도할 수 있었다. 그날 나는 내가 받아 적은 것을 아침에 넘겨주면서, 그 표현이(말로우[22]의 비유였다) 나를 대단히 감동시켰다며 나의 스승에게 감격하여 이야기하였다. 감정이 복받쳐 열렬하게 그 누구도 그렇게 탁월한 성격묘사를 기록할 사람이 없을 것이라고 덧붙였다. 그때 그는 갑자기 몸을 돌리고는 입술을 깨물었다. 그리고 원고를 던지고 경멸하듯 중얼거렸다.

---

22 『어둠의 심장Heart of Darkness』(1899)은 영국 작가 조셉 콘래드Joseph Conrad(1857-1924)의 작품으로 당시 큰 반향을 일으킨 작품이다. 이 작품 속에는 콘래드의 작품에 반복적으로 등장하는 찰스 말로우Charles Marlow가 등장하는데, 작가는 『어둠의 심장』에서 당시 유럽의 아프리카 식민 지배에 대한 비판적인 견해를 피력한다. 츠바이크가 '말로우의 비유'라고 표현할 만큼 콘래드의 『어둠의 심장』은 성격 묘사가 탁월한 것으로 평가된다. 작품 속에 주인공이 '탁월한 성격묘사'를 언급한 것으로 보면 말로우의 비유는 바로 '어둠의 심장'이라 유추해 볼 수 있을 것이다.

"그런 바보 같은 말은 하지 말아요. 당신은 대가 大家라는 말이 무슨 의미인 줄 알고 있나요?"

무뚝뚝한 이 말은 (급하게 얼굴에 쓴 가면은 초조한 부끄러움을 가리기 위한 것이다) 나의 하루를 망치기에 충분했다. 오후에 한 시간 동안 나는 사모님과 함께 있었다. 나는 히스테릭하게 돌발적으로 그녀에게 가까이 가 그녀의 손을 잡았다.

"그가 나를 왜 그렇게 미워한다고 생각하세요? 왜 그가 나를 이렇게 경멸하지요? 내가 그에게 무슨 일을 한 건가요, 나의 말이 그를 그렇게 자극하나요? 내가 어떻게 해야 하나요? 도와주세요! 그가 나를 참을 수 없는지 나에게 말해 주세요. 부탁합니다!"

이처럼 격렬하게 내뱉는 말을 들은 날카로운 눈빛이 나를 응시하였다.

"당신을 참을 수 없다고?"

— 그녀의 웃음소리는 꽉 다문 치아 사이에서 찰

깍거리는 소리를 냈고, 악의적이고 귀청을 찢을 듯한 날카로운 소리를 내고 있었다. 나는 무의식적으로 가만히 있었다.

"당신을 참을 수 없다고요?"

그녀는 다시 한번 반복하고는, 아주 노여워하며 나의 혼란스러운 눈을 쳐다보았다. 그리고 나서 그녀는 가까이 다가와 몸을 구부렸다. ― 그녀의 눈빛은 점차 더욱 부드러워졌다. 그녀는 나를 불쌍히 여기는 것 같았다. 그러다 갑자기 나의 머리를 쓰다듬어 주었다. (처음 있는 일이었다)

"당신은 정말 어린아이군요, 바보 같은 어린아이. 아무것도 알아채지 못하고, 아무것도 보지 못하고 아무것도 모르는군요. 그렇지만 그게 더 낫겠어요. ― 그렇지 않으면 당신은 더 불안해질 겁니다."

그리고는 갑작스럽게 몸을 돌렸다. 나는 진정하려 했으나 아무 소용이 없었다. 찢기 어려운 악몽이라는 검은 포대에 묶인 것처럼, 나는 이러한 모순된 감정들로 인한 비밀스럽고 혼란스러운 상황을 설명하거나 그것에서 깨어나려고 고전분투하였다.

그렇게 4개월이 지나갔다. 몇 주 동안 뜻밖의 자아 상승과 변신이 이루어졌다. 학기 말이 다가왔고, 두려운 감정으로 나는 다가오는 휴가를 기다렸다. 왜냐하면 나는 나의 연옥을 사랑했고, 나의 고향에서 느낄 수 있는, 절제되었지만 지적이지 않은 가정적인 분위기는 나에게는 마치 유배당하거나 강탈된 느낌을 주었기 때문이다. 나는 비밀스러운 계획을 꼼꼼하게 세워, 주요한 일 때문에 학교에 있어야 한다고 나의 부모님을 속였다. 나를 소모시키는 현재의 상태를 연장시키기 위한 거짓말과 핑계가 교묘하게 얽혀 있었다. 그러나 시간은 오래전부터 다른 영역에서 계산되었다. 그리고 정오의 종소리가 울려 퍼지면 한가하게 머물던 사람들이 갑자기, 그리고 진지하게 일하러 가거나 작별의 인사를 하러 가지만, 나는 그런 시간을 가질 수 없었다.

그날의 운명적인 저녁 모임은 얼마나 아름답게 시작하였던가? 아름다웠지만 동시에 음험하였다. 나는 두 사람과 함께 식탁에서 식사를 했다. — 창문은 열려 있었고, 어두워지는 문틈로 점차 땅거미 지는 하늘에 하얀 구름이 밀려들어 오고 있었다. 웅장하게 떠도는 빛이 반사되면서 부드럽고 명확한 것이 계속해서 나타났고, 마침내 사람들은 저 아래 깊숙한 곳까지 느낄 수밖에 없었다. 사모님과 나는 평상시보다 더 자연스럽게, 더 평화로운 가운데 더욱 부지런히 대화를 나누었다. 그러나 나의 스승은 우리의 대화에 침묵하고 있었다. 그는 침묵한 채로 우리의 대화를 건성으로 듣고 있었다. 나는 그를 곁눈으로 보았다. 어떤 독특한 밝은 면이 오늘 그의 모습에서 보이는 것 같았고, 불안하면서도 성급하지 않은 모습은 마치 여름의 구름과 같았다. 자주 그는 와인 잔을 들어 올렸고, 와인 잔에 비친 빛의 색체를 보고 즐기듯이 그것을 전등 쪽을 향해 들고 있었다. 나는 이러한 그의 제스처를 즐기며 바라보고 있었고, 그도 가벼이 웃으며 나에게 잔으로 인사하였다. 나는 그런 그의 얼굴을 본 적이 드물었다. 그의 행동은 그렇게 명백하고 침착하였다. 마치 그는 거리에서 음악을 듣거나 불명확한 대화에 귀 기울이는 것처럼, 거의 엄숙하면서도 즐겁게 그곳에 앉아 있었다. 평소에는 작은 떨림으로 인해 지속적으로 흔들리던 그의 입술은 어떤 소리도 내지 않았고 마치 껍질이 벗겨진 과일 속처럼 부드러웠다. 그가 이마를 창문 쪽으로 향하자, 온화하고 밝은 빛이 반사되었고 나에게는 그렇게 아름다운 적이 한번도 없었던 것 같았다. 그렇게 만족스러운 그의 모습을 보는 것은 놀라운 일이었다. 그것은 순수한 여름 저녁의 빛이었고, 단조로운 대기가 주는 피곤함에도 어떤 유익한 것이 그의 내부로 파고들어 가는 것 같았다. 혹은 내면에서 위안을 주는 일이 그에게 빛을 밝히는 것 같았다. ─ 나는 그것이 무엇인지 알 수 없었다. 그러나 그의 얼굴을 보는 것이 마치 펼쳐진 논문을 읽는 것만 같다고 나는 느꼈다. 오늘은 부드러운 신神이 그에게 마음의 골짜기와 주름을 펴 주고 있었다.

이어서 그는 일어서서 익숙한 고개를 돌려, 특이할 정도로 엄숙하게 그의 서재로 따라 들어오게 하였다. 그는 조급하면서도 진지하게 걸어가고 있었다. 그리고 나서 다시 한번 몸을 돌려 ─이것도 일반적이지 않았다─ 장에서 개봉하지 않은 와인 한 병을 꺼내 천천히 들고 갔다. 나와 마찬가지로 사모님도 그의 행동에서 놀라운 것을 감지한 것 같았다. 놀란 눈빛으로 그녀는 바느질을 하다 그를 올려다보고, 우리가 일하러 건너가자, 호기심 어린 눈빛으로 아무 말 없이 그의 익숙지 않은 신중한 태도를 관찰하였다.

여느 때처럼 완벽히 어두워진 방이 익숙한 어두

움과 함께 우리를 기다리고 있었다. 쌓여 있는 하얀 원고 주위에 램프가 황금색 원을 그렸다. 나는 매번 앉던 자리에 앉아, 원고에서 마지막 문장들을 반복하여 읽었다. 그는 항상 단어가 계속해서 흘러나오도록 하기 위해, 소리굽쇠 역할을 하는 리듬을 마음속으로 조정하고 있었다. 그러나 평소에는 즉시 진동하는 문장에 연결시켜 작업하였으나, 이번에는 소리 내는 것을 멈췄다. 침묵이 공간 속에 넓게 퍼지고 있었다. 이미 벽에서부터 어떤 긴장감이 우리를 누르고 있었다. 그는 완전히 집중하지 못한 것 같았다. 왜냐하면 나는 내 등 뒤에서 그가 예민하게 이리저리 왔다 갔다 하는 소리를 들었기 때문이었다.

"다시 한번 읽어 보세요."

— 특이한 일이었다. 목소리의 톤이 갑자기 아주 불안하게 떨렸다. 나는 마지막 단락을 반복하여 읽었다. 그는 나의 말에 이어, 갑자기 평소보다 더 빠

르게 받아쓰는 것을 제안하였다. 그 장면은 다섯 개의 문장으로 구성되었다. 그가 이제까지 표현했던 것은 드라마의 문화적인 전제 조건, 현재의 프레스코화, 그리고 역사의 요약이었다. 이제 갑작스럽게 극장 자체를 언급하기 시작한다. 극장은 손수레로 방랑하던 연극 무대를 마침내 정착시켜 공연장을 완성하고는, 권리와 특권을 인정받는다. 처음에는 '장미 극장' 다음에는 '포르투나'라는, 서투른 공연을 위한 나무로 된 극장이 만들어졌다. 그다음에는 용감하게 성장한 문학이라는 넓은 가슴에 걸맞게, 극장의 외관을 새로운 나무로 만들었다. 템스강 주변에 축축한 진흙탕에 울타리를 치고 거대한 육각형의 탑이 있는, 균형 잡히지 않은 목조 건축물이 완성되었던 것이다. 대가인 셰익스피어가 등장하는 글로브 극장이 완성되었다. 마치 바다에서 내던져진 것처럼, 가장 높은 돛대에 해적의 붉은 깃발이 꽂혀 있는 독특한 모양의 배가 그곳 진창이 된 땅 위에 정박한 것이다. 1층에는 마치 항구에서처럼 낮은 계급의 백성들이 시끄럽게 소리를 내며 몰려들었고, 맨 위층의 관람석에서는 귀족계급의 사람들이 허영에 가득 찬 미소를 지으며 수다를 떨면서 배우들을 내려다보고 있었다. 그들은 참지 못하고 극을 시작하라고 요구했다. 발을 구르고 시끄럽게 소리치고, 칼자루로 바닥을 치고, 마침내 몇 개의 가물거리는 초가 무대의 아랫부분을 비추면, 배우들이 의상을 입고 즉흥적인 코미디극을 위해 등장한다. 그리고 그때, 나는 요즘도 그의 말을 기억한다.

"언어가 폭풍우같이 몰려와, 널빤지로 된 경계선에서 모든 시대와 인간의 심정의 모든 영역에까지 피로 가득 찬 파도가 넘실거리는 무한한 열정의 바다는 끝이 없이, 뭐라 해명할 수 없이, 밝으면서도 비극적이고, 다양성이 가득하고 인간의 가장 고유한 형상인 것입니다. 영국의 극장, 셰익스피어의 드라마는."

이렇게 격앙된 소리를 내며 갑자기 연설이 중단되었다. 그 후 그는 오랫동안 침묵하였다. 나는 불안한 마음에 몸을 돌려 보았다. 나의 스승은 한 손으로 책상을 움켜잡고, 지친 모습으로 그곳에 서 있었다. 그 모습은 내가 익히 알고 있는 모습이었다. 그러나 이번에는 노려보고 있는데, 그 모습은 약간 공포스러웠다. 나는 걱정스러워 그에게로 다가가, 불안한 마음으로 중단해야 하는 것이 아닌지 질문하였다. 그는 숨도 쉬지 않고 움직이지도 않은 채 꼼짝하지 않고 잠시 나를 바라보았다. 그러나 그의 눈동자의 별은 다시 파란색으로 빛을 냈고, 그는 긴장을 풀며 나에게 다가왔다.

"자, 아무것도 눈치 못 챘나?"

그는 추궁하듯 나를 보았다.

"도대체 무슨 일입니까?"

확신을 가지지 못한 나는 말을 더듬었다. 그는

깊은 숨을 내쉬고 살짝 미소 지었다. 몇 달 만에 다시 나는 그의 관대하고, 유연하고 부느러운 시선을 느꼈다.

"1부가 끝이 났네."

나는 환호성을 억누르려고 노력했다. 놀라움이 아주 뜨겁게 엄습했다. 어떻게 내가 그것을 간과할 수 있겠는가? 그렇다. 그것은 과거의 근원에서 완성의 문턱까지 단계별로 상승된 완전한 건물이었다. 이제 그들은 태어날 수 있었고, 승리를 확신하며 말로우, 벤 존슨[23], 셰익스피어, 그들을 넘어선 것이다. 그의 논문은 자신의 첫 번째 생일을 축하한 것이었다. 나는 급히 가서 논문을 펼쳐 보았다. 가장 어려운 부분인 1부는 170쪽이고, 다음에는 자유롭게 변형한 것이었다. 그리고 이 표현은 역사적인 증거에 바탕을 둔 것이다. 의심할 바 없이 완성

---

23 벤 존슨Ben Jonson(1572–1637): 영국의 극작가.

된 것이다. 그의 작품이, 우리의 작품이!

　나는 즐거워 소리 지르고, 자부심과 행복에 겨워 이리저리 춤을 추고 다녔다. ― 나는 알 수는 없었지만, 나의 감격은 충만으로 전에 보지 못한 형태들을 취하고 있음에 틀림없었다. 왜냐하면 그가 웃으면서 나를 쳐다보았기 때문이다. 나는 마지막 문장을 살펴본 뒤, 곧 열심히 원고들을 세어 보며 파악하였고, 사랑에 빠져 만져 보고, 우리가 언제 전체 책을 완성할 수 있을지 미리 성급하게 따져 보고 상상하였다. 내가 기뻐하는 모습에서, 그는 자신의 내면에 쌓여 있는 은밀한 자부심이 반영된 것을 보았다. 그는 감동하여 웃으면서 나를 쳐다보았다. 그리고 나서 천천히 나에게 다가와, 두 손을 뻗어 나의 손을 잡았다. 그는 움직이지 않고 나를 바라보았다. 빛을 번쩍이는 명멸신호등 같은 그의 동공은 모든 자연의 원소 중 바다와 인간의 깊은 감정을 구성하는 능력을 지닌, 밝고 생기 있는 푸른색으로 점점 가득 차기 시작하였다. 그리고 이 빛나는 파란색이 동공에서 니와 앞으로 놀출하였다가 나의 내부로 밀고 들어왔다. 그것은 마치 따뜻한 물결이 나의 가장 깊은 곳으로 부드럽게 들어와, 흘러넘쳐 감정을 확대하고 특이한 즐거움을 누리도록 나에게로 퍼져 가고 있었다. 전체 흥부가 갑자기 팽창하는 힘에 의해 앞으로 불룩 튀어나왔다. 위대한 날이라는 단어가 나의 마음속에서 이텔릭체 활자로 떠오르는 것을 느꼈다.

"압니다."

그의 목소리는 이 단어의 광채를 높이 띄우고 있었다.

"나는 당신 없이는 이 작품을 시작하지 못했을 겁니다. 나는 그 점에 대해서 당신에게 늘 감사할 겁니다. 당신은 나의 무기력함을 구원할 동력을 주었습니다. 흩어지고 잃어버린 나의 삶에서 남아 있던 것을 바로 당신이 구원해 준 겁니다. 당신 혼자서! 아무도 나를 위해 더한 일을 할 수 없을 것입니다. 아무도 나를 그렇게 성실하게 도와준 적이 없지요. 그러기에 나는 당신에게 고맙다고 할 것이 아니라… 너에게 감사해야 할 걸세. 자! 우리는 한시간 정도 진짜 형제처럼 지내세!"

그는 다정하게 나를 식탁 쪽으로 데리고 가서 와인을 준비했다. 두 개의 잔이 그곳에 준비되어 있었다. 그는 공식적으로 감사의 마음을 와인을 마심으로써 상징적으로 표현하려 하였다. 너무도 기쁜 나머지 나는 몸을 떨었다. 열렬한 소원이 갑작스럽게 충족되었기에 우리의 마음이 이렇게 혼란스럽고 강력하게 동요했던 적은 없었다. 가장 명백한 믿음의 상징, 이는 내가 무의식적으로 동경했던 상징이었다. 그가 감사하다는 표현으로 '형제와 같은 너'라는 가장 멋진 말을 찾아낸 것이었다. 이 말은 나이차를 뛰어넘었고, 그렇게 대단했던 거리감을 일곱 배 이상 뛰어넘은 소중한 표현이었다. 나의 불안한 감정을 영원히 믿음으로 달래 주었던, 말 없는 세례자인 술병을 부딪쳤다. 병이 부딪치며 진동하며 내는 맑은 소리가 나의 마음속에 밝게 울려 퍼졌다. ─ 그렇게 장엄한 순간에 작은 어려움이 장애가 되었다. 병은 코르크 마개로 덮여 있었는데, 오프너가 보이지 않았다. 그는 그것을 가져오기 위해 일어나려고 했다. 나는 그의 의도를 알아차리고 먼저 식당으로 달려갔다 ─ 나는 이 몇 초 동안을 나의 마음의 안정과, 그의 애정을 명백하게 증명하는 시간으로 생각하려 했다.

나는 재빨리 문을 지나 불이 켜진 통로 쪽으로 가다가, 어둠 속에서 갑자기 나타난 어떤 부드러운 물체와 마주쳤다. 그것은 바로 우리의 대화를 엿듣고 있던 사모님이었다. 이상한 일이었다. 나는 그녀와 세게 부딪쳤지만, 그녀는 그 어떤 소리도 내지 않고 조용히 뒤로 물러섰다. 나 역시 움직일 수 없었고, 놀랐지만 침묵하였다. 그건 순간적으로 벌어진 일이었다. 우리 두 사람은 아무 말도 하지 못하고 서 있었다. 그녀는 엿듣다 들킨 것을 부끄러워했다. 나는 전혀 기대하지 않은 마주침에 몸이 경직되었다. 그러고는 어둠 속에서 그냥 아무 소리도 내지 않고 걸어갔다. 등불은 타오르고, 나는 장에 등을 기대고 선 창백한 그녀의 모습이 도발적이라는 생각이 들었다. 그녀는 나를 진지하게 쳐다보았다. 그녀는 움직이지 않았지만 어떤 불확실한 것, 경고와 위협의 의미를 담고 있었다. 그러나 그녀는 아무 말도 하지 않았다.

거의 보이지 않아 한참 동안 조심스럽게 더듬듯이 지나가 오프너를 찾으면서 나의 손은 떨고 있었다. 두 번 정도 나는 그녀를 지나가야 했다. 그녀를 바라볼 때마다, 나는 견고하고 광을 낸 나무처럼 짙은 색의 빛을 내는 그녀의 경직된 시선과 마주쳐야 했다. 문에서 몰래 엿듣는 것처럼 그녀에게 수치스러운 일은 없을 것이다. 대신에 지금 그녀의 눈동자는 나에게는 이해할 수 없는 어떤 위협을 담아 결연하고 단호하게 번득이고 있었다. 그녀의 도발적인 태도는 이 부적절한 자리에서 벗어나지 않고 계속해서 경청하는 파수꾼 노릇을 유지하겠다는 뜻을 비치는 것이었다. 이 의지의 단호함이 나를 혼란스럽게 했고, 나는 이 단호하고 경계심 가득한 눈빛에 무의식적으로 주눅이 들었다. 내가 약간은 혼란스러워하면서 나의 스승이 있던 방으로 되돌아갔을 때는, 과할 정도로 즐거웠던 상황이 이상하게 불안한 상태로 굳어 버렸다.

그렇지만 그는 편안한 마음으로 나를 기다렸고, 나에게 명랑한 시선을 보내고 있었다. 나는 그 우울한 이마에서 먹구름이 거두어진 그를 한 번이라도 보기를 항상 꿈꾸고 있었다. 그러나 이마가 처음으로 즐거움으로 빛을 발하며 진심을 담은 관심을 보여 주었음에도, 나는 말문이 막혀 버렸다. 비밀스러운 구멍을 통해 아주 대단히 비밀스러운 기뺨이 뚝뚝 떨어져 내리고 있었다. 그가 나에게 다시 감사의 말을 하고 친근하게 '너'라고 부르면서, 잔이 마주쳐 낭랑한 소리가 나는 것을 나는 혼란스럽고 부끄러워하며 듣고 있었다. 그는 팔로 나를 친근하게 감싼 뒤 안락의자 쪽으로 데리고 갔다. 우리는 서로 마주보고 앉아 있었고, 그의 손은 편안히 내 손을 잡고 있었다. 처음으로 나는 완전히 터놓고 자유롭게 그를 느끼고 있었다. 그러나 말을 할 수는 없었다. 나는 무의식적으로 불안한 마음으로 그녀가 귀 기울이며 서 있을 것 같은 문 쪽을 쳐다보았다. 그녀가 엿듣고 있다고 나는 계속해서 생각했다. 그녀는 그가 나에게 하는 말, 내가 하는 모든 말을 엿듣는다. 왜 오늘이지? 오, 하필 오늘이야? 그가 따뜻한 시선으로 나를 보더니 갑자기 말하기 시작하였다.

　"나는 자네에게 나에 대해, 나의 젊은 시절에 대해 이야기하고 싶네."

그때 나는 하지 말라고 애원하는 손동작을 취하면서 말했다. 그는 놀라서 나를 처다보았다.

"오늘은 하지 마세요."

나는 말을 더듬었다.

"오늘은 하지 마세요… 용서해 주십시오."

내가 그녀의 존재를 발설해서는 안 된다는, 엿듣는 자에 대해 누설할 수도 있다는 생각에 나는 너무 두려워졌다.

나의 스승은 불안해하며 나를 처다보았다.

"자네 무슨 일 있나?"

그는 조용히 물어보았다.

"피곤해서요… 용서해 주세요… 오늘 약간 놀랐나 봅니다… 그런 생각이 듭니다."

나는 떨면서 일어섰다.

"집에 가는 게 나을 것 같아요."

나의 시선은 모르는 사이에 그를 지나 문 쪽을 바라보았다. 그곳에는 질투심으로 가득 찬 그녀가 적대적인 호기심을 가지고 기둥 사이에 숨어 있음을 추측할 수 있었다.

그는 안락의자에서 천천히 일어섰다. 갑자기 피곤해진 얼굴 위에 그늘이 드리워졌다.

"정말로 벌써 가려고 하나… 오늘… 바로 오늘?"

그는 나의 손을 잡았다. 어떤 알 수 없는 상황이 그 손을 불편하게 했다. 그러다 갑자기 돌을 떨구는 것처럼 손을 거칠게 내려놓았다.

"유감이군."

그는 실망한 듯 말을 했다.

"오늘 나는 너무도 기뻤고, 그래서 솔직하게 자네와 이야기하려 했지. 유감이야."

순간 깊은 한숨이 마치 짙은 색의 나비처럼 방 안에서 날아다니는 것 같았다. 나는 부끄럽고 당황하여 뭐라 설명할 수 없는 불안에 가득 차 있었다. 나는 불안한 마음으로 집으로 되돌아와, 조용히 문을 닫았다.

나는 간신히 더듬어서 방으로 들어와, 침대에 몸을 던졌다. 그러나 잠을 잘 수 없었디. 얇은 벽들로만 에워싸여 있는 나의 거주지가, 꿰뚫어 볼 수 없는 어두운 색의 기둥만이 두드려져 보이는 그들의 집 위에 있음을 나는 이토록 강력하게 느껴 본 적이 없었다. 나는 그 두 사람이 내 집 아래 깨어 있음을 날카로운 감각으로 느꼈다. 그녀가 어떤 다른 곳에서 아무 말 없이 앉아 있거나 귀를 기울이며 여기저기 소리 없이 헤매는 동안에 그는 자신의 방에서 불안하게 이리저리 왔다 갔다 하는 것을 나는 보지 않았지만 볼 수 있었고, 듣지 않았지만 들을 수 있었다. 그러나 나는 그 두 사람이 빈틈없이 살피는 것을 느꼈고 그들이 깨어 있다는 사실을 나의 마음으로 두렵지만 받아들이게 되었다. 악몽이었다. 그의 그림자와 음울함이 자리 잡고 있는, 아주 조용히 침묵하는 집이 내 머리 위에 갑자기 존재하는 듯하였다.

나는 이불을 던져 버렸다. 나의 손은 뜨거워졌다. 나는 어디로 갔어야 했나? 나는 비밀을 아주 가까이 느끼게 되었다. 얼굴에서 그의 뜨거운 호흡을 느꼈다가, 다시 멀어지고, 그의 그림자, 그의 의중을 알 수 없는 그림자가 소리 없이 흔들리며 돌아다니고 있었다. 나는 고양이처럼 조용히 기어 다니다가, 뛰어오르고 내려오기도 하고, 정전기를 일으키는 털로 가볍게 스쳐 지나기도 하고, 어지럽히고, 호의적이기도 하지만 유령 같은 그가 집안에서 위험하다고 느꼈다. 그리고 나는 그가 내민 손처럼 부드러운 어둠 속에서 그의 포용적인 시선을, 그리고 그 부인의 날카롭고, 위협적이고, 사람을 놀라게 하는 시선을 항상 느꼈었다. 두 사람이 서로 연합하여 자신들의 열정으로 나를 포획하려 했던 그 비밀 한가운데서 나는 무엇을 해야 했던가? 그들은 자신들의 이해되지 않는 갈등 속으로 나를 쫓아내려 하는가? 그들은 각자의 타는 듯한 분노와 미움으로 나를 압박하려 하는가?

아직도 이마는 상기되어 있었다. 나는 높이 올라가 창문을 열어젖혔다. 여름철의 구름이 떠 있는 도시는 평화로웠다. 아직도 반사된 등불 빛으로 밝아진 창문은 그곳에 있는 사람들을 하나로 만들었고, 책과 소박한 음악으로 따듯해졌다. 그리고 하얀 창틀 뒤에는 이미 어둠이 자리 잡고 있었다. 그곳에는 평화로운 잠을 자는 이들이 숨 쉬고 있었다. 쉬고 있는 천장 위로 마치 은빛 연무 속의 달처럼 부드러운 휴식이, 유혹하듯 부드럽게 내려앉은 고요가 자리 잡고 있었다. 시계탑에서 11시를 알리는 소리는 우연히 엿듣거나 꿈을 꾸는 모든 사람에게도 편안히 들릴 것이다. 이곳에 나만 아직도 경계하고, 익숙지 않은 생각으로 불쾌하게 포위되어 있음을 느꼈다. 이 혼란스러운 속삭임을 마음속으로 이해하려고 열렬히 노력하였다.

갑자기 나는 소스라치게 놀랐다. 계단 위에서 발

자국 소리가 나지 않았나? 나는 귀 기울이며 일어섰다. 그리고 정말로 누군가가 마치 볼 수 없는 사람처럼 더듬으며, 계단을 올라가고 있었고, 조심스럽게, 주저하며 위태롭게 걸어가고 있었다. 나는 오래되어 닳은 나무 계단이 삐거덕거리며 신음하는 듯한 소리를 들었다. 이 발자국 소리가 나에게로만, 나에게로만 다가오고 있었다. 이 집의 위쪽 박공에는 귀가 잘 들리지 않는 나이 드신 부인만이 살고 있었다. 그녀는 이미 한참 전부터 잠이 들었고 아무도 방문하지 않았다. 나의 스승인가? 아니다, 비틀거리며 급하게 걷는 그의 걸음걸이가 아니다. 이 발걸음은 겁을 집어먹어 머뭇거리고 천천히 걷고 있다. 다시 발자국 소리가 들린다! — 한 계단 한 계단 소리가 들린다. 몰래 잠입한 사람인가? 범죄자가 가까이 다가오는 것인지 모른다. 내 친구는 아닌 것 같은데. 나는 긴장해서 귀를 기울였고 나의 귀에서 윙윙거리는 소리가 들려왔다. 노출된 다리에 갑자기 한기를 느꼈다.

그때 자물쇠가 나지막하게 덜거덕거리며 소리를
냈다. 그는 이미 문 옆에 있는 것이 분명했다. 그
무시무시한 손님이. 나는 발 위로 솔솔 부는 바람
때문에 바깥 문이 열려 있고 그가 열쇠를 가지고
있는 것을 알 수 있었다. 아, 그 사람은 바로 나의
스승이었다. 그렇다면 그는 ― 왜 그렇게 소심하
게, 그렇게 낯선 방법을 택한 것인가? 그가 걱정해
서였나, 나를 보려 했었나? 왜 이 무시무시한 손님
은 대기실 밖에서 머뭇거렸는가? 갑자기 몰래 잠입
하던 발걸음이 멈추었다. 그래서 나도 두려움에 똑
같이 멈추어 섰다. 나는 소리쳐야 할 것 같았다. 그
런데 목에 끈적거리는 무언가가 들러붙은 것 같았
다. 나는 문을 열려고 했지만, 발이 바닥에 붙어 버
린 것 같았다. 우리 두 사람 사이, 나와 그 무시무
시한 손님 사이에는 얇은 벽만이 있었다. 그도 나
도 움직이지 않았고, 서로 상대방에게 다가가지 않

왔다.

갑자기 탑의 종이 울렸다. 단 한 번 울렸다. 그것은 11시 45분임을 뜻하는 것이었다. 그 소리로 인해 나의 마비된 몸의 긴장이 풀렸다. 나는 문을 열었다.

나의 스승이 손에 초를 들고 그곳에 서 있었다. 갑자기 문이 열리자 바람이 불어, 초의 불꽃이 파란색으로 타올랐다. 그리고 그 뒤에는 경직되어 서 있는 사람의 거대하고 움칠하는 그림자가 마치 술꾼처럼 비틀거리고 있었다. 그는 나를 보자 움직이기 시작했다. 갑자기 불어오는 바람으로 잠에서 깬 사람처럼 놀라서, 추위에 떨며 무의식적으로 이불을 잡아당기는 사람처럼 움직였다. 그는 뒤쪽으로 물러났고, 그의 손에서 촛불은 촛농을 떨구면서 흔들리고 있었다.

나는 몹시 놀라서 몸을 떨었다.

"무슨 일이 있으세요?"

나는 말을 더듬을 수밖에 없었다. 그는 아무 말도 하지 않고 나를 쳐다보았다. 말이 그의 목을 누르는 것 같았다. 그가 장롱 위에 초를 내려놓자, 방 안에 박쥐처럼 흔들리던 그림자극이 금방 진정되었다. 마침내 그는 중얼거렸다.

"나는… 나는…"

다시 그는 말을 하지 못했다. 그는 마치 붙잡힌 도둑처럼 서서 바닥을 쳐다보았다. 이런 불안감이 나 이렇게 서 있는 것을 견딜 수 없었다. 나는 내의만 입은 채로 있었기에 추위에 떨고 있었고, 그는 수치심에 움츠리며 혼란스러워했다.

갑자기 그 허약한 형상이 움직였다. 그는 나에게 다가왔다. 그리고 사악하고 음탕한 웃음을 지었다. 그 웃음은 눈에서 위험하게 번뜩거리고 있었다. 그 사이 입술을 꽉 물고, 마치 낯선 마스크를 쓴 것처럼 그는 순간 경직된 상태로 히죽히죽 웃으며 나를 보고 있었다. ― 목소리는 갈라진 뱀의 혀처럼 날카롭게 튀어나왔다.

"나는 당신에게 말하려 했습니다… 차라리 너라고 하는 게 나을 것 같군. 그것은… 그것은… 학생과 스승 사이에 맞지 않아… 이해하나? 사람들은 거리를 유지해야 해… 거리… 거리를."

그리고 그는 그렇게 증오에 가득 차서 따귀를 때리려는 모습으로, 마치 상처를 입은 사람처럼 음흉하게 나를 바라보았다. 그는 무의식 중에 내 손을 움켜쥐고 있었다. 나는 비틀거리며 뒤로 물러났다. 그가 미쳤나? 술에 취했나? 그는 주먹을 쥐고 그곳에 서 있었는데, 마치 나에게 달려들어 내 얼굴을 때리려 하는 것 같았다.

그런 두려운 순간이 1초 정도 유지되었다. 그러고 나서 쏘아붙이는 듯한 시선은 일그러지고 무너져 있었다. 그는 몸을 돌리고는 무슨 소리를 중얼거렸는데, 그 소리는 '미안해'라고 하는 소리로 들렸고, 그는 초를 잡고 있었다. 주인에게 헌신하는 악마처럼 바닥에 보이는 검은 그림자는 한발 앞서 문 쪽으로 가고 있었다. 그리고 내가 무슨 말을 하려고 정신을 차리기도 전에 스스로 가 버렸다. 문의 자물쇠는 쾅 하고 닫혔고 급히 달려가는 그의 발소리에 계단은 괴로운 듯 삐거덕거렸다.

나는 이 밤을 잊을 수 없을 것이다. 차가운 분노와 끝없이 타오르는 의구심이 서로 교체되고 있었다. 마치 로켓이 이리저리 발사되는 것처럼 생각이 서로 엉키는 것 같았다. 그는 왜 나를 고문하는가, 나를 힘들게 하는 고통으로 말미암아 나는 스스로에게 수백 번 질문하였다. 그는 나를 그렇게 증오해서 자신의 모욕감을 나의 면전에서 퍼붓기 위해 밤에 계단을 올라왔나? 내가 그에게 무슨 일을 했는지, 무슨 일을 해야 하는지? 내가 그를 병들게 했는지조차 모르는데, 그와 어떻게 화해할 수 있을까? 나는 성급하게 침대에 몸을 던졌다가 일어났다가 다시 이불 속으로 파고들었다. 그러나 유령같이 두려운 모습이 계속해서 내 앞에 서 있는 것 같았다. 나의 스승이 살금살금 다가왔지만, 내 면전에서는 당황했고, 그의 뒤편에는 이상하고 낯선 거대한 그림자가 비틀거리는 형상으로 벽에 어른거렸다.

그러고 나서 아침 녘에 잠깐 잠이 들었다가 일어나서는, 내가 꿈을 꾼 것이라 생각하려 했다. 그러나 장롱에는 떨어진 촛농이 노랗고 둥근 모양으로 남아 있었다. 그리고 이날 밤의 도둑처럼 나타난 손님에 대한 소름 끼치는 기억이 환하게 빛나는 밝은 방 한가운데 여전히 남아 있었다.

나는 오전에는 외출하지 않았다. 그를 만나야겠다는 생각을 하자, 힘이 쭉 빠져 버렸다. 나는 글을 쓰고 읽으려 노력하였다. 그러나 아무 일도 되지 않았다. 나의 신경은 쇠약해졌으며, 그 순간 경련이 일었고, 결국 흐느끼고 울부짖고 말았다. ─ 나의 손가락은 나무 잎사귀처럼 떨고 있었다. 그 어떤 소망이 끊긴 것처럼, 어떤 휴식도 취하지 못하고 오금이 떨렸다. 무엇을 헤야 하지? 무슨 일을? 나는 지칠 때까지 스스로에게 질문하고 또 질문했다. 피는 정수리까지 솟구쳐, 눈 밑에 다크서클이 생겼다. 그러나 용기와 확신을 가지기 전에는 다시 앞으로도, 아래쪽으로도 갈 수 없었고, 그와 마주할 수 없었다. 나는 다시 침대에 누워, 밥도 먹지 않고 씻지도 않은 채, 혼란스럽고 심각한 상태로 있었다. 그리고 얇은 벽 너머에서 벌어지는 일을 다시 생각하려 하였다. 그는 지금 어디에 앉아 있을까, 그는 무엇을 했을까, 나처럼 깨어 있을까? 그도 나처럼 절망적일까?

정오가 되었다. 나는 혼란함으로 엉망이 된 침대 위에 누워 있었다. 그때 계단에서 발자국 소리를 들었다. 모든 신경이 비상사태임을 알리고 있었다. 이 발자국 소리는 경쾌하고 아무 걱정이 없어 보였다. 그리고 단번에 나는 듯이 두 단계를 뛰어가고 있었다. ― 누군가가 문을 두드렸다. 나는 뛰어올랐다. 그러나 문을 열지 않고 물어보았다.

"누구세요?"

"왜 식사하러 오질 않죠?"

사모님의 목소리가 걱정하듯 대답했다.

"아픈가요?"

"아닙니다, 아니요."

나는 혼란스러워 떠듬거렸다.

"갑니다, 가겠습니다."

나는 옷을 재빨리 갈아입고 내려가는 수밖에 없었다. 그러나 사지가 떨렸기 때문에, 계단 난간을 잡아야 했다.

나는 식당으로 들어섰다. 두 개의 식기 중 하나의 식기 앞에 사모님이 기다리고 있었고, 그녀는 나에게 가볍게 주의를 주며 인사하였다. 그의 자리는 비어 있었다. 나는 내 머리에 피가 솟구치는 것을 느꼈다. 이 예상치 못한 그의 부재는 무슨 의미지? 그는 나와의 만남을 나보다도 더 두려워하나? 부끄러워하거나 추후에는 나와 식사를 같이 하지 않겠다는 것인가? 마침내 나는 스승이 오지 않는지 물어보기로 결정하였다.

그녀는 놀라서 나를 올려다보았다.

"그가 오늘 아침 떠났다는 것을 몰랐나요?"

"떠나다니요?"

나는 말을 더듬었다.

"어디로요?"

그녀의 표정은 즉시 굳어졌다.

"미안하지만 남편은 나에게 말하지 않았습니다. 아마도 — 그가 평소에 하는 여행 중 하나일 겁니다."

그리고 그녀는 급하게 몸을 돌려 나에게 질문하였다.

"그럼 당신은 그것을 몰랐었나요? 그가 어젯밤에 당신 집으로 올라갔었는데요 — 아마도 작별 인사를 하기 위해서라고 생각했는데… 이상하네요, 정말로 이상해… 당신에게 아무 이야기도 안 했다니."

"저에게라고요?"

— 나는 이 외침만 내뱉을 수 있었다. 그리고 이 외침은 나를 부끄럽게 하였다. 최근 몇 시간 동안 그렇게 위험하게 쌓여 있었던 바로 그 치욕스러운 감정이었다. 갑자기 나는 흐느껴 울었고, 울음을 터뜨리며 광란하듯 발작했다 — 혼란과 절망이 서로 뒤섞이면서 말과 외침이 서로 겹쳐서 그르렁 소리를 냈다. 나는 울었다. 아니, 경련하였다. 나는 히스테릭하게 흐느끼며 감추어 두었던 모든 고통을 경련하는 입에서 내뱉었다. 주먹으로 미친 듯이 책상을 내리치며, 흥분하여 날뛰는 어린아이처럼 나는 마음껏 토해 냈다. 얼굴에는 마치 몇 주 동안 내 머리 위로 내렸던 뇌우처럼 눈물이 흘러넘치고 있었다. 광란하면서도 약간의 편안함을 느끼는 동안, 나는 그녀 앞에서 끝없는 부끄러움을 누설한

것을 동시에 느끼게 되었다.

"무슨 일 있어요? 세상에 맙소사!"

그녀는 당황하여 펄쩍 일어섰다. 그리고는 나에게로 달려와, 나를 식탁에서 소파로 데리고 갔다.

"잠시 누워 계세요! 진정하세요."

그녀가 나의 손과 머리를 쓰다듬었지만, 계속되는 충격으로 나의 몸은 여전히 떨고 있었다.

"괴로워 마세요. 롤란트 ― 자신을 괴롭히지 마세요. 나는 모든 것을 알고 있어요. 이런 일이 벌어질 것을 알고 있었죠."

그녀는 아직도 내 머리를 쓰다듬었다. 그러던 그녀의 목소리가 갑자기 강경해졌다.

"그가 한 사람을 혼란스럽게 만들 수 있다는 것을 나는 잘 알아요. 나보다 더 잘 아는 사람은 없지요. 그러나 나를 믿으세요. 당신이 줏대 없이 너무 그에게 의존하고 있는 것을 보았을 때, 내가 경고하려 했지요. ―당신은 그를 몰라요. 당신은 알 수 없어요. 당신은 아이 같군요― 당신은 아무것도 예감할 수 없지요. 오늘도? 그래요, 오늘처럼 아무것도 몰라요. 당신은 오늘 처음으로 무엇인가를 이해하기 시작한 거예요. ― 그와 당신을 위해서는 그것이 더욱 좋은 것이긴 하죠."

그녀는 나의 위쪽으로 다정하게 몸을 구부린 상태로 있었다. 마치 유리처럼 맑은 물속에서 그녀의 목소리가 들려오는 것 같았고, 나는 고통을 잠재우는 그녀의 부드러운 손길을 느꼈다. 그것은 좋은 기운을 주었고 마침내, 마침내 연민의 숨결을 느꼈다. 그리고 여성의 손이 부드럽게 가까이 있는 것을 느꼈다. 마치 어머니의 손이 쓰다듬는 것 같았다. 아마도 나는 오랫동안 어머니의 손길을 그리워했던 것 같았다. 그리고 이제 슬픔이라는 베일을 쓰고 부드럽게 대하려고 노력하는 여인의 관심을 받고는 고통 속에서도 편안함을 느꼈다. 그러나 나는 이 모든 것을 드러내는 발작이 얼마나 부끄러운

지, 이 절망에 몸을 맡겼던 것이 얼마나 부끄러운
지 몰랐다. 그러나 그 일은 나의 의지에 반해서 일
어났던 것이다. 나는 간신히 일어나, 그가 나에게
한 일을 막힌 홍수가 터질 듯 다시 한번 한탄하듯
소리쳤다. ─그가 얼마나 나를 거부하였으며, 쫓
아내고 다시 끌어당겼다가, 아무 근거나 이유도 없
이 나를 심하게 대했는지를 말했다─ 내가 사랑하
면서 얽매인, 한 사람에게 고통을 주는 사람을 나
는 사랑하면서 증오하고, 증오하면서 사랑했다. 내
가 다시 흥분하기 시작하자, 그녀는 다시 나를 진
정시켜야만 했다. 내가 흥분하여 튀어 오르자, 부
드러운 손은 나를 진정시켜 안락의자에 도로 앉혔
다. 마침내 나는 진정되었고, 그녀는 아무 말도 하
지 않고 생각에 잠겼다. 그녀가 모든 것을 이해하
고 있으며, 아마도 나보다 … 더 많은 것을 알고 있
다고 느꼈다.

우리 두 사람 사이에 몇 분 동안의 침묵이 흘렀

다. 그러자 사모님이 일어섰다.

"자, — 당신은 충분히 어린아이처럼 행동했으니, 이제 다시 어른처럼 행동하세요. 식탁에 앉아 식사를 하세요. 비극적인 일은 일어나지 않아요. 해명해야 할 오해만이 있을 뿐이죠."

내가 약간의 거부감을 드러내자, 그녀는 급하게 덧붙였다.

"밝혀질 겁니다. 오래 끌거나, 혼란스럽게 하지 않을 테니까요. 끝이 있어야 해요. 그는 스스로를 통제하는 법을 배워야 해요. 당신은 그가 벌이는 모험적인 놀이에 휘둘리기에는 너무도 착한 사람이에요. 나는 그와 이야기할 거예요. 나를 믿으세요. 이제 식사를 하세요."

나는 부끄럽기도 해서 그녀가 말한 대로 식탁에 앉았다. 그녀는 약간 서두르면서 별로 중요하지 않은 일에 대해 열렬하게 이야기하였다. 그녀가 나의 제어되지 않는 폭발을 건성으로 들었거나 잊어

버린 것 같아, 나는 마음속으로 그녀에게 고마움을 느꼈다. 내일은 일요일이라, 그녀는 대하 강사인 W와 그의 신부와 함께 가까이에 있는 호수로 야유회를 갈 예정이니 나도 같이 가자고 말하였다. 야유회가 나의 기분을 상쾌하게 해 주고 책에서 벗어나게 해 줄 것이라고 말했다. 나의 모든 불편함이 모두 너무 과도한 연구와 신경과민 때문이라고 말했다. 한번은 수영을 하거나 도보 여행을 하는 것이 나의 몸에 다시 균형을 잡아 줄 것이라고 하였다.

나도 갈 것을 약속했다. 이제 내 방에 혼자 있거나, 어둠 속에서 맴도는 생각에 사로잡히거나 하는 모든 일들을 그만두자는 생각이 들었다.

"오늘 오후에는 집에 있지 마세요. 산책하세요. 달려 보세요. 즐겁게 지내 봐요."

그녀는 재촉하였다. '이상하군.' 나는 그런 생각이 들었다. '전문가인 그가 나를 오해하고 망가뜨리고 있는 동안에, 나에게 항상 익숙지 않은 그녀는 나의 가장 깊은 마음을 알고, 내가 무엇을 필요로 하는지, 고통스러워하는지 알고 있다니.' 나는 그녀에게 약속하고 감사의 말을 한 뒤 일어서면서 또 하나의 새로운 얼굴을 봤다. 버르장머리 없고 방종한 어떤 젊은이에게서 나타났던 비아냥거림과 자만심이 따뜻하고 관심 가득한 시선 속에서 사라졌다. 나는 그렇게 진지한 그녀를 한번도 보지 못했다. '왜 그는 나를 한번도 그렇게 호의적으로 보지 않지?' 마음속의 혼란스러운 감정을 가지고 애가 타서 자문하였다. '그가 나에게 고통을 준다는 것을 그는 왜 한번도 느끼지 못하지? 왜 그는 그렇게 자비심 넘치고, 애정 어린 부드러운 손길로 나의 머리나 나의 손을 쓰다듬어 준 적이 없었지?' 감사한 마음으로 나는 그녀의 손에 입맞춤하였다. 그녀는 불안해하며 급하게 손을 치웠다.

"자신을 괴롭히지 마세요."

그녀는 다시 반복했다. 그녀의 목소리가 가까이 다가왔다.

그러나 다시 그녀의 입에서 단호한 말이 흘러 나왔다. 갑자기 일어서면서, 그리고 조용히 내뱉었다.

"나를 믿으세요. 그는 그럴 가치가 없는 사람이에요."

그리고 거의 들을 수 없을 정도로 나지막하게 내뱉은 이 말은 이미 진정되었던 나의 마음에 다시 고통을 주었다.

내가 그날 오후와 밤에 시작했던 일은 우스꽝스럽고 어린아이같이 유치한 일이었다. 그 일을 떠올릴 때마다 몇 년 동안 부끄러웠다. ─그때를 기억하면 나의 내적인 검열 기관은 즉시 급하게 중단되었다. 요즈음에 와서야 바보 같았고 미련했던 나 자신을 더 이상 부끄러워하지 않게 되었다─ 반대로 나는 그 불확실한 감정을 격정적으로 뛰어넘으려 했던, 제어되지 않고 혼란스럽고 열정적인 젊은이를 오늘날에는 잘 이해하게 되었다.

어떤 끔찍한 긴 통로의 끝에서처럼, 망원경을 통해 나는 자신을 보게 되었다. 나는 그의 방으로 올라간 자신에 대해 무엇을 시작해야 할지도 모른 채 산만하고, 의혹에 싸인 젊은이인 것이다. 그러다 갑자기 자켓을 걸쳐 입고 다른 행동을 하기로 결정했다. 즉 거친 행동을 자신에게서 끄집어내어, 갑자기 힘 있는 발걸음으로 거리로 나섰던 것이다. 그렇다, 그 사람은 바로 나였다. 나는 나 자신을 잘 알고 있다. 나는 당시에 이 바보 같고, 괴로움에 몸부림치던 불쌍한 젊은이의 모든 생각을 잘 알고 있다. 나는 갑자기 긴장하여 거울 앞에 서 나 자신에게 이야기하였다.

"나는 이제 그에게 관심이 없어! 꺼지라고 해! 왜 내가 그 늙은 바보 때문에 괴로워하지! 사모님이 옳아. 유쾌하고, 정말로 즐겁게 지내야 해! 앞으로 전진해야지!"

정말로 당시에 나는 그렇게 시위를 했다. 나 자신을 해방시키는 하나의 충격 요법이었다 ─ 그리고 물론 즐겁고도 단호하다는 것은 사실 그렇게 즐겁지가 않았고, 나의 마음속에 똑같이 무거운 얼음 덩어리가 매달려 있었다는 것을 인식하기 전에, 달래거나 비겁하게 달아나 버리는 것이 유일한 방법이다. 손에 무거운 지휘봉을 장악하고 어떻게 모든 학생들의 시선을 집중시키는지 나는 알고 있다. 누군가와 싸우면서 울타리를 깨부수고, 방황하다가 마주친 막다른 길에서, 나 자신을 가로막았던 첫 번째 인물에 대한 분노를 깨부수고 싶은 그런 위험한 즐거움이 맹렬하게 타오르고 있었다. 그러나 다행인 것은 아무도 나에게 관심을 두지 않았다는 것이다. 나는 세미나의 동료들이 대부분 함께 앉아 있는 카페에 갔다. 나는 자발적으로 그들과 같이 앉아서 도발을 유도하는 작은 빈정거림을 받아 줄 준비를 하였다. 그러나 나의 전투력은 허공만을 향할 뿐이었다. — 날씨가 화사하여 대부분의 사람들은 야유회를 갔고, 두세 명이 같이 앉아, 정중하게 인사하면서 나의 성급하면서도 예민한 상태에 조금도 핑곗거리를 주지 않았다. 화가 난 나머지, 나는 곧 일어나 시 외곽에 위치한 그다지 미심쩍지는 않은 술집으로 갔다. 그곳은 맥주와 담배 연기 사이에서 유흥을 즐기려는 소도시 사람들 중 쓰레기 같은 인간들이, 굉음을 내는 여성 합창단의 음악을 들으면서 무리 지어 앉아 있었다. 나는 잔 두세 개를 급하게 떨어뜨렸다. 냄새나는 여자와 그녀의 여자친구가 나에게 합석을 청하였다. 동시에 진하게 화장을 한 삐쩍 마른 화류계의 여자가 합석하였다. 나는 나 스스로 이목을 끄는 거의 병적인 쾌락을 즐기려 하였다. 이 작은 도시의 모든 사람이 나를 알고 있었다. 모든 사람이 내가 그의 제자였다는 것을 알고 있었다. 그것은 도발적인 옷과 그들의 태도로 더욱 명확해 보였다. ― 그렇게 나는 (얼마나 내가 바보같이 생각했는지) 나와 동시에 그의 명예를 실추시키기 위한 어리석고 거짓된 즐거움을 누렸던 것이다. 그리고 내가 그를 무시하고 있으며 그를 걱정하지 않고 있다는 것을 그들이 보길 원한다고 생각했다. ― 나는 사람들 중에서 가슴이 풍만한 어떤 여성에게 가장 무례하고 뻔뻔스럽게 비위를 맞추고 있었다. 그것은 분노한 사악함의 도취였고 곧 실제로 거의 취한 상태가 되었다. 왜냐하면 우리 모두는 와인, 슈냅스, 맥주를 뒤섞어 마셨기 때문이었다. 우리는 난잡하게 서로 엉키게 되었고, 의자가 바닥에 떨어졌고, 옆사람을 조심스럽게 밀쳐 내기도 했다. 그러나 나는 부끄럽지 않았다. 오히려 그 반대였다. 바보 같은 나는 미친 듯이 날뛰었다. 그가 나에게 얼마나 냉정한지 그는 알아야 하고, 봐야 한다. 아, 나는 슬프지 않았다. 병들지 않았다 ― 그 반대이다.

"와인 주세요. 와인을!"

나는 주먹으로 탁자를 쳤다. 그러자 잔들이 흔들렸다. 마침내 나는 오른쪽과 왼쪽에 두 사람의 팔을 끼고 나와, 대체적으로 밤 9시경이 되면 대학생과 소녀, 시민들과 군인들이 조용하고 편안하게 산책하는 대로를 가로질렀다. 비틀거리고 지저분한 우리 세 사람이 도로 위에서 큰 소리로 난동을 부리자, 경찰은 화가 나서 다가와 우리에게 조용히 해 달라고 열렬히 요청하였다. 계속해서 벌어진 일들을 나는 정확히 설명할 수 없다. ― 싸구려 브랜드로 얼큰하게 취해 기억은 마치 안개가 낀 듯하였다. 나는 만취한 두 여인에게 짜증이 났고, 나 자신을 제어할 수 없게 되어, 그녀들에게서 벗어나자마자 다른 곳에서 커피와 코냑을 마시고는, 대학 건물 앞에서 달려오는 학생들이 즐거워하도록 교수들에 대한 비난 연설을 하였다는 것만은 기억한다. 명확하지는 않지만 본능적으로 나는 더 엉망진창이 되고자 했다. ─혼란스럽고 열정적인 분노로 인해 미친 것 같았다!─ 그를 모욕하기 위해 공창公娼에게 가려 했다. 그러나 길을 몰라 결국 짜증을 내고 휘청거리면서 집으로 돌아왔다. 손이 말을 듣지 않아 문을 간신히 열고는, 가까스로 첫 번째 계단을 올라갔다.

그의 집 문 앞에 다다르자 갑자기 머리에 얼음처럼 차가운 물을 맞은 것처럼 멍한 도취 상태가 사라졌다. 갑자기 나는 나의 무력감을 느끼고 분노했던, 바보스러움에서 일그러진 얼굴을 응시하게 되었다. 나는 부끄러워 몸을 움츠렸다. 그리고 매를 맞은 개처럼 아무도 내 소리를 듣지 못하도록 조용히 방으로 기어 올라갔다.

마치 죽은 사람처럼 나는 잠을 잤다. 내가 일어났을 때, 태양빛은 방바닥을 가득 비추다가 서서히 침대 가장자리에까지 올라왔다. 나는 벌떡 일어났다. 머리가 아픈 상태에서도, 차츰 어제 저녁 있었던 일이 떠올랐다. 나는 부끄러움을 억누르려 하였다. 더 이상 부끄러워하지 않을 것이다. 그것은 그의 잘못이다. 내가 만일 죽게 된다면, 그의 잘못이라고 스스로를 설득하였다. 어제 사건은 학생다운 즐거움이었을 뿐이며 몇 주 동안 일만 한 학생에게 허용될 수 있는 정도라고 스스로 위로하였다. 그렇게 정당화하려 했지만 대단히 불안하고 소심한 마음으로 나는 어제의 야유회 약속을 생각하면서 사모님에게 내려갔다.

이상했다. 내가 그집 문손잡이를 잡자마자, 그는 다시 나의 마음속에 자리 잡고 있었다. 그래서 이미 격렬하고, 비이성적이고 쑤시는 듯한 고통과 거대한 절망감을 지니게 되었다. 나는 조용히 노크를 했다. 사모님이 이상할 정도로 부드럽게 쳐다보면서 나에게 다가왔다.

"왜 바보 같은 일을 저질렀나요, 롤란트?"

그녀는 비난하기보다는 동정하듯이 물었다.

"왜 그렇게 자신을 괴롭히나요?"

나는 당황하여 그 자리에 서 있었다. 그녀는 나의 바보 같은 행동에 대해 이미 들었던 것이다. 그러나 그녀는 내가 당황하자 얼른 기분 전환을 시켜 주었다.

"그러나 우리는 오늘은 이성적이 되려고 해요. 10시에 W 강사와 그의 신부가 올 거예요. 그러면 우리는 밖으로 나가서 배도 타고 수영도 할 거고 모든 어리석은 일은 잊힐 거예요."

아직도 나는 불안해하면서 스승이 되돌아왔는지, 쓸데없는 질문을 하였다. 그녀는 대답하지 않고 나를 바라보았다. 나는 그 질문이 무의미하다는 것을 알고 있었다.

10시 정각에 W 강사가 도착했다. 그는 유대인으로, 학교에서 완전히 고립된 젊은 물리학자이며, 우리와 같이 고립된 사람들과 교류하는 유일한 사람이었다. 그의 신부가 동반하였는데, 그녀는 아마

애인인 것 같았다. 계속해서 웃음을 터뜨리는 젊은 처녀로, 단순하고 약간 어리석어, 그런 즉흥적인 일탈행동에서는 제대로 어울리는 사람이었다. 우리는 출발했고 계속해서 먹고 떠들고 서로 웃으며 가까이에 있는 작은 호수로 향하는 전차를 탔다. 그리고 힘들고 진지했던 몇 주 동안 나는 수다를 떨면서 즐거워할 수 없었기에, 이 한 시간은 나로 하여금 약간 아릿한 와인처럼 취하게 했다. 정말로, 어린아이 같고 들뜬 그들의 모임은 완전히 성공적이었다. 나는 벌집 주위의 꿀벌처럼 점점 더 윙윙거리며 맴돌았고 불확실한 생각에서 빠져나오게 되었으며, 밖으로 나와 젊은 처녀와 우연히 달리기 시합을 하면서 나의 근육을 다시 느끼게 되었다. 나는 다시 예전의 빈틈없고 걱정 없는 젊은이가 되었다.

호숫가에서 우리는 두 척의 노 젓는 보트를 빌렸고, 사모님은 나와 함께, 강사와 그의 애인은 다른 배를 탔다. 배가 출발하자마자, 우리에게 다른 사람을 이기려는 경쟁 심리가 발동하였다. 나는 불리할 수밖에 없었는데, 왜냐하면 다른 사람들은 둘이서 노를 저었고, 나는 혼자서 두 사람을 상대해야 했다. 이런 스포츠에는 선수라 할 정도로 노를 잘 저었기 때문에, 재킷을 벗고, 나는 힘차게 저어 다른 배를 앞질렀다. 계속해서 신경을 긁는 말들을 서로 퍼부어 대면서, 한 사람이 다른 사람을 자극하였고, 타오르는 7월의 더위와 동시에 민망할 정도로 넘치는 땀에는 아랑곳하지 않은 채, 갤리선의 노를 젓는 죄수처럼 우리는 스포츠를 즐기며 열렬히 중노동을 하였다. 마침내 목적지가 가까워졌는데, 그곳은 호숫가에 숲이 있는 곳이었다. 우리는 더 열을 내며 노를 저었다. 경쟁적인 스포츠에 열중했던 나의 동료가 결국 승리하였다. 우리 배의 바닥이 삐거덕거리며 물가에 닿았다. 나는 배에서 내렸다. 유난히 내리쬐는 태양빛으로 뜨거워지면서 혈관은 끓어올랐고, 땀이 비 오듯 흘렀으며, 승리의 즐거움으로 흥분하였다. 심장은 방망이질을 하고, 옷들은 땀에 젖어 몸에 달라붙었다. 강사는 힘들어했지만, 대신에 칭찬을 받았다. 끈질긴 전사였던 우리들은 숨을 헐떡이는데다가 대단히 불쌍한 외모를 하고 있었기에, 신이 난 여인들에 의해 많은 놀림을 받았다. 마침내 우리들은 잠시 쉬기로 하였다.

우리는 서로 농담을 주고받으면서 두 개의 팀으로 나누었다. 남성과 여성으로 나뉘어 수영하는 것이 즉흥적으로 제안되어, 각자 덤불의 오른쪽과 왼쪽으로 갔다. 우리는 재빨리 수영복을 갈아입었다. 덤불 뒤쪽으로 윤기 있는 의상들이 빛을 내고 있었다. 우리는 동시에 준비하였지만, 여성들은 좋아하며 물속으로 들어가, 벗은 팔로 이미 철썩이며 수영하고 있었다. 강사는 두 사람을 상대로 경쟁했던 나보다 덜 지쳐 있어서, 그들 뒤를 따라 물속에 뛰어들었다. 그러나 약간 과도하게 노를 저었던 나는 심장이 격렬하게 방망이질 쳐 대는 것 같았고, 우선 그늘에 편안히 누워, 저 위에 흘러가는 구름을 보았다. 나는 피곤했지만 피가 순환하면서 내는 소리를 즐기고 있었다.

그러나 몇 분 뒤, 호수에서 시끄럽게 외치는 소리가 들려왔다.

"롤란트, 어서 오세요! 수영 경기해요. 상금을 걸거예요. 다이빙 내기를 해요!"

나는 꿈쩍하지 않았다. 나는 천년 동안 그렇게 누워 있을 수 있을 것 같았다. 피부는 파고드는 태양빛으로 갈색이 되어 가고 있었고, 동시에 스쳐 가는 바람으로 시원함을 느낄 수 있었다. 그러나 다시 웃음소리가 들려왔고, 강사의 목소리가 들려왔다.

"그가 파업을 하네요. 그를 끌어내야 합니다. 게으름뱅이를 데리고 오세요."

그리고 정말로 나는 가까이에서 철썩거리는 소리를 들었고 아주 가까이에서 그녀의 소리가 들려왔다.

"롤란트, 어서 오세요. 수영 경기를 해요! 우리는 두 사람에게 보여 주어야 해요!"

나는 대답하지 않았다. 나를 찾게 놔두는 것이 재미있었다.

"어디 있나요, 대체?"

자갈 소리가 들려왔다. 나는 신발을 벗은 채로 나를 찾으며 해안가를 달려오는 소리를 듣고 있었다. 그리고 소년 같은 날씬한 몸에 젖은 수영복을 입은 그녀가 내 앞에 다가섰다.

"여기 있었네요. 아, 게으름을 떨고 있군요. 이제 그만 앞으로 수영해 가요. 게으름뱅이군요. 다른 이들은 이미 저편 섬 쪽에 도착했어요."

나는 편안하게 누워서 천천히 몸을 뻗었다.

"여기가 훨씬 좋아요. 나는 나중에 갈게요."

"그는 가지 않겠다네요."

그녀는 웃으며 두 손을 마주 잡고 호수 방향으로 크게 외쳤다.

"그 허풍선이 하고 안쪽으로 오세요."

강사의 목소리가 멀리서 메아리처럼 들려왔다.

"자, 가요."

그녀는 참지 못하고 다그쳤다.

"나를 민망하게 만들지 마세요."

그러나 나는 하품을 하고 게으름을 떨었다. 그때 그녀는 재미 삼아, 그리고 동시에 화를 내며 덤불에서 가지 하나를 부러뜨렸다.

"앞으로 가세요!"

그녀는 나를 일으켜 세우려고 힘차게 반복적으로 내 팔 위로 나뭇가지를 내리쳤다. 나는 놀라 일어났다. 나뭇가지가 너무 따끔하게 내 팔을 때렸고, 내 팔 위로 피 맺힌 빨간 선이 생겼다.

"그러지 않는 게 좋을 것 같습니다."

나는 재미로, 그렇지만 약간 화가 나서 말했다. 그러나 정말로 화가 난 그녀는 명령을 했다.

"가요. 지체하지 말고!"

내가 반항심으로 움직이지 않자, 그녀는 다시 한 번 내리치고는, 더 격하게 찌르는 듯이 내리쳤다. 갑자기 나는 화가 나, 가지를 빼앗기 위해 뛰어올랐다. 그녀는 물러섰다. 그러나 나는 그녀의 팔을 잡았다. 의도치 않게 나뭇가지를 두고 싸우게 되면서, 우리의 반쯤 벗은 몸이 서로 밀착한 채로 뒤엉키게 되었다. 내가 가지를 떨어뜨리게 하기 위해 그녀의 팔을 잡고 돌리자, 그녀는 피하면서 몸을 구부렸다. 그때 갑자기 딱 소리가 났다. ─ 그녀의 수영복의 어깨 부분에 있는 버클 부분이 끊어졌고, 수영복의 왼쪽 부분이 그녀의 가슴 부위에서 흘러내렸다. 나는 그녀의 가슴을 응시한 채로, 몸이 굳어 버리고 얼굴이 붉어졌다. 그것은 무의식중의 응시했고, 그것은 단 1초의 순간이었다. 그러나 그것은 나를 혼란스럽게 하였다. 떨면서 부끄러워하며 나는 꽉 잡았던 그녀의 손을 놓았다. 그녀도 얼굴이 붉어져 몸을 돌렸고, 머리핀으로 끊어진 버클을 고정시켜 놓았다. 나는 옆에 서 있었지만 아무 말도 할 수 없었다. 그녀도 가만히 있었다. 그리고 이 순간부터 우리 두 사람 사이에는 목을 조르는 듯하고 숨이 막히는 불안감이 존재하게 되었다.

"여러분… 여러분… 도대체 어디 계세요?"

─ 작은 섬에서 소리가 메아리쳐 왔다.

"예, 갑니다."

나는 급하게 대답하고 혼란스러운 상태에서 벗어나기 위해 즐거운 마음으로 훌쩍 물속에 뛰어들었다. 나는 몇 번 물속에 잠수하면서, 헤엄치는 즐거움과 물이 주는 뭐라 말할 수 없는 명쾌함과 차가움을 느꼈다. 그리고 혈관은 위험하다 할 정도로 소리 내면서 순환하였고, 보다 적극적이고 밝고 즐거운 상황이 된 것 같았다. 나는 곧 두 사람을 따라잡았다. 그리고 힘이 빠진 강사에게 몇 번의 시합을 하자고 요구하였고, 그 경기에서는 내가 이겼다. 우리는 수영을 하고 난 뒤, 남아 있던 두 사람이 이미 옷을 입고 우리를 기다리는 곳으로 되돌아갔다. 그곳에서 우리는 야외에서 가져온 바구니로 피크닉을 즐겼다. 우리 네 사람은 서로 조롱하면서 아주 명랑하게 시간을 보냈지만, 나와 그녀 두 사람은 무의식적으로 서로에게 말을 거는 것을 피하였다. 우리들은 우리 자신에 대해서만 말하며 웃었다. 그러나 우리 두 사람은 눈길이 서로 마주치면, 무언중에 같은 감정을 느끼면서 급하게 시선을 피했다. 돌발적인 사건으로 인한 어색함이 아직 해소되지 않았다. 그리고 한 사람은 다른 사람이 그 사건을 기억하고 있음을 부끄러워하고 불안해했다.

다시 뱃놀이를 하였고 오후 시간은 빨리 흘러갔다. 스포츠의 열정으로 인한 격함은 기분 좋은 피곤함을 동반했다. 와인, 따뜻함, 따사로운 태양이 점차적으로 혈관 속으로 들어가 피부는 더욱 붉어졌다. 강사와 그의 애인은 우리 두 사람이 그 어떤 불편함을 참아내야 할 정도로 허물없는 사이였다. 우리가 더욱 불편하게 거리를 유지하는 동안에, 두 사람은 더욱 밀착하고 있었다. 그렇게 커플은 드러내 놓고 행동하면서, 방해받지 않고 공공연하게 키스하기 위해 숲속에 더 남아 있었다. 반면에 이렇게 우리 두 사람은 소외감을 느끼고 당황스러워 더욱 대화하기 힘들게 되었다. 강사와 그의 애인은 신혼의 밤을 미리 예감하고 있었고, 비로소 우리가 민망한 상태에서 벗어나게 되자, 우리 네 명 모두 만족하게 되었다.

강사와 그의 애인은 집 앞까지 우리와 동행했다. 그리고 우리 두 사람만이 계단을 올라갔다. 그리고 방에 도착하자마자, 나는 다시 그의 존재가 주는 고통스럽지만 그리운 그의 경고의 말을 느끼게 되었다. '그가 돌아왔을까!' 나는 초조해져 생각했다.

그리고 내가 계속해서 한숨을 쉬는 것을 알아채고
그녀는 말을 했다.

"그가 돌아왔는지 한번 보지요."

우리는 안으로 들어갔다. 집안은 조용했다. 그
의 방에는 모든 것이 방치되어 있었다. 무의식적으
로 나의 흥분된 감정은 텅 빈 의자에 앉은 그의 의
기소침하고 비극적인 모습을 상상하고 있었다. 그
러나 논문들은 손을 타지 않은 상태로 마치 나처
럼 그를 기다리고 있었다. 갑자기 화가 치밀었다.
그는 왜 도피를 했나, 왜 그는 나를 혼자 놔두었나?
분노하고 시기하는 마음이 더욱더 격렬하게 목구
멍 속으로 치솟아 올랐다. 그에 대해 어떤 사악한,
어떤 미움이 가득한 일을 하려는 바보같지만 혼란
스러운 욕망이 슬그머니 파동치고 있었다.

사모님은 나를 쫓아왔다.

"식사를 여기서 할 건가요? 당신은 오늘 혼자 있
어서는 안 됩니다."

내가 텅 빈 방, 계단의 삐거덕거리는 소리, 내 머릿속을 파고드는 기억을 두려워한다는 것을 그녀가 어떻게 알고 있을까. 그녀는 나의 내면의 모든 것을 알고 있었다. 말하지 않아도, 모든 생각과, 모든 나쁜 욕망을.

나는 어떤 불안감을 느끼게 되었다. 나 자신에 대한, 그리고 나의 마음속에 혼란스럽게 떠오르는 미움에 대한 불안감이 나에게 다가온 것이다. 나는 거부하려 했다. 그러나 나는 비겁했고, 어떤 부인하는 말도 하지 못했다.

나는 예전부터 간통을 부끄러워했다. 그러나 부끄러워하는 이유는 얌전한 체하거나 도덕심에 의존하는 독선적인 윤리 규범 때문이거나, 그것이 어둠 속에서의 행하는 도둑질이자 낯선 신체를 점유하는 일이기 때문이 아니다. 그것은 그런 순간에 그 여인들이 남편의 가장 은밀한 비밀을 누설하기 때문이다. 속은 이의 인간적인 비밀을 훔쳐서 낯선

이에게 말해 그의 힘과 약점의 비밀을 알려 주는 한 명의 델릴라[24]인 것이다. 나에게는 여성들이 스스로를 보여 주는 것은 누설이 아니라, 미지의 호기심에 취해, 남편의 치부와 예감조차 못하는 치욕의 덮개를 살짝 들어 조롱하도록 웃음거리를 퍼뜨리는 자신을 합리화시키기 위한 것이다.

나는 당시에 분노하고 의심스러워하면서 혼란스러워했고, 처음에는 사모님과 단순히 함께 괴로워하고 다정하게 포옹하면서 도피처를 찾은 것은 아니었다. 운명적으로 하나의 감정이 다른 의미를 가지게 된 것이었다. — 나는 이러한 일을 나의 삶에서 가장 불쌍하고 저급한 것으로 느꼈기에 (왜냐하면 의지 없이 그런 일이 발생하였고, 우리는 알

---

24 델릴라Delilah: 『구약성서』 「사사기」 16장 4-22절에 나오는 블레셋(현재 팔레스타인 서남 지역) 여인으로, 그곳 영주들의 뇌물을 받고 이스라엘의 전설적 영웅인 삼손의 힘의 원천을 알아낸다. 그녀는 삼손이 자신의 무릎을 베고 잠이 들자, 그의 힘의 원천인 머리카락을 자른다. 블레셋 사람들은 힘이 빠진 삼손을 붙잡아 눈을 멀게 하고 노예 일을 시킨다.

지 못하고 — 무의식적으로 불타는 심연 속으로 떨어졌기 때문이다) 나는 뜨거운 침대에서 그에 대한 비밀을 털어놓도록 하면서, 분노한 사모님에게 그들 부부의 비밀을 털어놓도록 했다. 몇 년 전부터 그가 그녀를 육체적으로 거부하였고, 그런 상태인 것을 불확실하게 암시하며 말 거는 것을 왜 나는 물리치지 못하고 허용하였나? 왜 그녀가 그의 성적 비밀에 있어 의젓하게 침묵하도록 하지 못했는가, 그러나 나는 그의 비밀을 너무도 알고 싶었다. 나는 나에 대해, 그녀에 대해, 모두에 대해 그가 죄가 있고, 그녀를 무시하는 것에 대한 그녀의 분노에 찬 고백을 도취하듯 받아들이기를 갈망했다. — 이것이 거부당하는 나의 감정과 유사한 것이었다. 그렇게 일이 벌어진 것이다. 우리 두 사람은 그를 향한 혼란스러운 공동의 미움으로 행한 일을 마치 사랑 때문에 행한 것으로 생각했다. 그러나 우리들의 몸이 서로를 찾고 서로 엉키면서, 우리 두 사람은 항상 그에 대해서만 생각했고 이야기했다. 가끔 그녀의 말이 나에게 고통을 주었다. 그리고 내가 혐오한 바로 그 지점에 빠져 있음에 나는 부끄러웠다. 그러나 육체는 의지를 따르지 않았고, 욕구로 인하여 거칠게 타올랐다. 그리고 나는 나의 가장 사랑하는 사람의 비밀을 폭로하는 그 입술에 전율하며 키스했다.

다음 날 아침, 나는 역겨움과 부끄러움을 느끼며 나의 방으로 조심스럽게 올라왔다. 그녀의 육체가 주는 따뜻함으로 인하여 더 이상 나의 감각이 흔들리지 않는 순간이 되자, 나는 날카로운 현실을 알게 되고 나의 폭로가 역겹다는 것을 느끼게 되었다. 나는 그 앞에 다시는 설 수 없으며, 그의 손을 잡을 수 없으리라는 것을 즉시 알게 되었다. 나는 스스로 나의 최상의 것을 박탈한 것이다.

지금 단 하나의 구원의 방법이 있는데 그것은 바로 도망가는 것이다. 나는 열이 있는 상태에서 나의 모든 물건들을 쌌다. 책을 쌓아 올리고 나의 집주인에게 돈을 지불하였다. 그는 더 이상 나를 보아서는 안 된다. 나는 사라져야 한다. 그가 나에게 한 것처럼 이유도 없고 비밀스럽게.

그런데 바쁘게 일을 하는 가운데 그 사람이 갑자기 나를 경직시켰다. 나는 목조 계단이 삐거덕거리는 소리를 들었다. 발자국 소리가 급하게 계단 위를 올라가고 있었다 — 그의 발자국이다.

나의 얼굴은 흙빛이 될 수밖에 없었다. 왜냐하면 들어서자마자 그가 이미 경악하고 있었기 때문이었다.

"무슨 일이 있나, 여보게? 아픈가?"

나는 뒤로 물러섰다. 그가 나에게 좀 더 가까이 다가와, 도우려는 듯 나를 만지려 하자 나는 피하고 말았다.

"무슨 일 있나?"

그는 놀라 질문하였다.

"무슨 일이 있었나? 아니면… 아니면… 나에게 화가 났나?"

나는 몸을 떨며 창가에 기댔다. 나는 그를 볼 수 없었다. 그가 나에게 관심을 가지고 따뜻하게 말해 주는 것이 마치 상처를 주는 것처럼, 나의 마음속은 찢어지는 것 같았다. 거의 기절할 정도로 나의 마음속에서 무엇인가 역류하는 것 같았다. 나의 마음은 뜨겁게, 너무 뜨겁게 타서 완전히 연소된 듯 부끄러움으로 녹아 버린 것 같았다.

그러나 그는 놀라고 혼란스러워하며 서 있었다. 그리고 갑자기 ― 그의 목소리는 완전히 아주 작게, 소심하게 움츠리며, 놀라운 질문과 함께 속삭였다.

"자네에게… 자네에게 누군가… 나에 대해 무엇인가 말을 했나?"

나는 그를 보지 않고 거부하는 듯한 동작을 했다. 그러나 어떤 불안한 생각이 그를 사로잡은 것 같았다. 그는 집요하게 반복하였다.

"나에게 말해 보게… 나에게 털어 놓아 보게… 누군가 나에 대해 무엇인가 말을 했지… 누군가가. 나는 누구냐고 묻지 않겠네."

나는 다시 부정하였다. 그는 당황하며 서 있었다. 그러다 갑자기, 꾸려지다 만 가방과 쌓여 있는 책들을 보고, 그의 방문 때문에 내 여행 준비가 중단되었음을 그는 인식한 것 같았다. 그는 흥분하여 다가왔다.

"떠나려고 하나. 롤란트, 알겠어… 진실을 말해 보게."

나는 정신을 차렸다.

"나는 떠나야 합니다… 용서해 주세요… 나는 그 일에 대해 말할 수 없습니다… 편지하겠습니다."

나는 꼭 다문 목을 말이 튀어나오지 못하도록 더 억눌렀다. 말을 할 때마다 나의 가슴이 뛰었다.

그는 꼼짝하지 않고 있었다. 갑자기 그는 피곤해

진 것 같았다.

"그래, 그게 더 낫겠네… 그래, 그게 좋겠어… 자네를 위해서 모두를 위해서. 그러나 가기 전에 다시 한번 자네와 이야기하고 싶네. 예전처럼 7시에 오게… 그때 남자 대 남자로서 헤어지세… 혼자서 피하지는 말게나. 편지는 보내지 말게… 그것은 오히려 유치하고 우리에게 맞지 않아… 그리고 나는 자네에게 이야기하고 싶은 것을 펜으로 쓰고 싶지 않네… 그럼 오겠지, 그렇지?"

나는 고개를 끄덕이기만 했다. 창문에서 감히 눈을 뗄 수 없었다. 그러나 나는 아침이 밝아 온 것을 보지 못했고, 두껍고 어두운 베일만이 나와 세계 사이에 존재할 뿐이었다.

7시 정각에 나는 마지막으로 내가 좋아했던 공간으로 들어섰다. 일찍 찾아온 어둠이 커튼 사이로 어렴풋이 보였다. 흐르는 문양의 대리석이 저 깊은 곳에서 빛을 발하고 있었고, 나전으로 장식되어 빛을 발하는 유리잔 뒤쪽에 놓인 책들은 온통 검은색을 띠고 있었다. 내 기억의 비밀스러운 장소, 그곳에서는 단어가 나에게 불가사의한 의미를 지니게 되고, 나는 그 어느 곳에서도 체험하지 못했던 정신의 도취와 황홀감을 경험했다. ― 나는 이 이별의 순간에 항상 존경하던 그를 보는 것이다. 그 형체는 안락의자의 등받이에서 서서히 일어나 나에게 그림자를 던지며 다가온다. 이마는 어둠 속에서 눈같이 흰 등처럼 빛을 발하고 있다. 그리고 그 위에 담배 연기가 물결치듯 휘날리고, 나이 든 사람의 흰 머릿결이 보인다. 지금 힘겹게 일어나, 아래에서 손을 들어 나의 손을 잡으려 하고, 나는 이제 눈동자들이 진지하게 나에게 향하는 것을 인식한다. 그가 나의 팔을 부드럽게 포용하면서 나로 하여금 그의 의자에 앉게 하였다.

"앉게, 롤란트. 나에게 명확하게 이야기하게나. 우리는 남자이고 솔직해야 하네. 나는 자네에게 강

요하지 않겠네 ― 마지막 순간에 우리 사이를 명확
히 하는 것이 좋지 않겠나? 그럼 왜 떠나려 하는지
말해 보게. 그 바보같이 모욕적인 말 때문에 나에
게 화가 났나?"

나는 몸짓으로 부정하였다. 그가, 속은 자가, 배
신당한 자가 죄를 감수하려 했다는 생각에 두렵기
까지 하였다.

"내가 의식적이었든 무의식적이었든 자네에게
무례했지? 나는 자주 별나게도 행동하지. 나도 알
아. 그리고 나의 의지와 상관없이 자네를 자극하고
괴롭혔어. 나는 자네가 많은 일을 해 준 것에 대해
충분히 감사를 표하지 않았지 ― 나는 알아. 내가
알지. 나는 항상 알고 있었어. 내가 자네에게 고통
을 준 그 순간에도 말야. 그것이 이유인가 ―말해
보게, 롤란트― 나는 우리가 품위 있게 이별하기를
원하네."

나는 다시 고개를 저었다. 나는 말을 할 수 없었

다. 그의 목소리는 더욱 단호해졌다. 이제 그 목소리가 약간 당황하기 시작했다.

"혹… 자네에게 다시 묻겠네… 누군가가, 누군가가 나에 대해 무엇인가를 이야기했나… 자네가 저질스럽다고 생각한 무언가를 들었나… 기분 나쁘게 생각할 그 무엇인가를… 자네를… 나와 자네를 경멸할 무엇인가를 들었나?"

"아닙니다! 아니에요! … 아니요! …"

흐느끼는 것처럼 나는 항의하는 말을 내뱉었다! 내가 그를 경멸하다니! 내가 그를!

그의 목소리는 이제 견디지 못하는 것 같았다.

"그럼 왜 그래? … 그럼 도대체 무슨 일이 있는건가? … 일이 힘드나? … 아니면 도대체 무엇 때문에 떠나려 하는 거야? … 여자 문제야… 여자 문제군?"

나는 침묵하였다. 그리고 이 침묵은 그가 긍정을 느낄 만큼 판이하게 명확한 것이었다. 그는 좀 더

가까이 몸을 구부리고 아주 조용히 속삭였다. 흥분하지 않고, 전혀 흥분하거나 분노하지 않고,

"여자 문제야? … 나의 아내 때문인가?"

나는 계속 침묵하였고, 그는 알게 되었다. 나의 몸 전체가 전율하였다. 이제, 이제, 이제 그가 폭발할 것이다. 나를 공격하고 나를 때릴 것이다. 나를 응징할 것이다… 그리고… 그가 나를, 도둑을, 배신자를 때릴 것을, 더럽혀진 그의 집에서 비루먹은 개처럼 나를 때리고 내쫓을 것을 기대하였다. 그러나 특이하게… 그는 아주 조용히 있었다…. 그가 스스로 생각에 잠겨 중얼거릴 때, 대단히 안심한 듯한 소리가 들렸다.

"그 일은 내가 예상할 수 있었지."

그는 두 번 정도 방 안을 왔다 갔다 했다. 그리고는 내 앞에 서서 나를 경멸하는 것처럼 말하였다.

"그래, 그 일을… 그 일을 심각하게 받아들였나? 아내에게 좋은 것이면, 그녀는 자유롭게 행동할 수

있고, 그녀가 좋아하는 것을 받아들일 수 있다고 자네에게 이야기하지 않았나, 나는 나의 이내에 대해서 어떤 권리가 없네… 그녀에게 그 어떤 것도 막을 권리도 없네. 조금도 그러고 싶지 않네… 누구를 위하는데, 그것이 바로 자네에 대한 것이라면, 그녀가 왜 스스로 자제해야 하나… 자네는 젊고 총명하고 잘생겼지… 자네는 우리와 가까운 사이였지… 자네를 어떻게 사랑하지 않을 수 있겠나… 잘생기고 젊은 자네를. 그녀가 어떻게 자네를 사랑하지 않을 수 있겠나… 나는…"

갑자기 그의 목소리가 떨리기 시작했다. 그는 나에게 가까이 몸을 구부렸다. 거리가 아주 가까워, 나는 그의 숨결을 느꼈다. 다시 나는 그가 나를 따뜻하게 바라보는 것을 느꼈다. 다시 이 독특한 빛, 그렇게… 그와 나 사이에 드물게 독특한 순간처럼. 점점 더 그는 나에게 가까이 다가왔다.

그리고 그는 나에게 조용히 속삭였다. 거의 입술

을 떼지 않고 "나는… 나 역시 자네를 사랑하네."

나는 분노했을까? 그 일이 무의식적으로 나로 하여금 놀라서 물러서게 했을까? 나는 놀라움을 보여주는 어떤 제스처나, 피하려는 동작을 했음이 틀림없었다. 그는 거부당한 사람처럼 비틀거리며 물러섰다. 그의 얼굴에 그림자가 드리워졌다.

"자네는 지금 나를 경멸하지?"

그는 아주 조용히 물어보았다.

"내가 자네에게 역겨운가?"

당시에 나는 왜 아무 말도 하지 못했나? 나는 사랑하는 사람에게 다가가서 그의 혼란스러운 걱정을 받아들이는 대신, 아무 말도 못하고, 불친절하고, 당황하여 마비된 상태로 그곳에 앉아 있었다. 나의 마음속에는 모든 기억이 거칠게 파도치는 것 같았다. 마치 어떤 암호가 갑자기 그 이해할 수 없는 통보의 언어를 해석하는 듯하였다. 그렇게 나는 이제 모든 것을 두려울 정도로 명확하게 이해하게 되었다. 그가 부드럽게 다가오기도 하고 무뚝뚝하게 방어하는 것을. 그날 밤의 방문을, 내가 감격하여 달려드는 열정에 완강하게 회피한 것을 나는 이해하게 되었다. 사랑. 나는 그에게서 사랑을 항상 느껴 왔다. 부드럽고 소심하게, 때로는 다가섰다가 때로는 강력하게 억제하는 것을. 나는 잠시 나에게 주어진 모든 빛에서 사랑이라는 단어를 사랑했고 즐겼다. ─그러나 사랑이라는 단어가 지금 수염이 있는 입에서 매력적으로─ 다정하게 흘러나왔다. 그때 나의 귀에 달콤하면서도 동시에 두렵게, 섬뜩함이 윙윙거리며 소리 내고 있었다. 나는 그를 위한 경건한 마음과 동정심으로 타올랐다. 혼란에 휩싸여 떨면서, 공격을 당한 소년 같은 나는 나에 대한 그의 예상치 못한 열정에 대해서 어떤 말도 할 수 없었다.

그는 무너지듯 앉아 있었고 내가 침묵하자 쏘아보았다.

"자네에게 그렇게 끔찍한가, 그렇게 끔찍해."

그는 중얼거렸다.

"자네도 역시… 자네도 나를 용서하지 않는군, 자네도 역시, 자네에게 나의 입을 닫아야 했군. 자네에게 나의 마음을 감추다가, 나는 거의 질식할 뻔했어… 나는 그 어떤 사람에게도 나 자신을 감추지 않았었지… 그러나 더 잘됐어. 자네는 이제 알았지. 이제 어떤 것도 나를 질식시키지 않네 … 왜냐하면 그것은 나에게 너무도 과한 것이었어… 오, 너무도 과했지… 잘됐어, 잘됐어, 이렇게 침묵하고 비밀에 부치는 것보다 훨씬 나을 거야…"

슬픔과 애정과 부끄러움이 가득 차 있었다. 마침내 나의 마음 깊은 곳까지 그 경련하는 소리가 파고들어 갔다. 내가 어떤 사람에 의해 더 많은 것을 받았지만, 내 앞에서 아주 시시한 사람으로 자신을 낮추는 그런 사람 앞에서 무감각하고 차갑게 냉담한 나 자신이 부끄러워졌다. 그에게 위로하는 말을 하고 싶어, 나의 영혼이 불타고 있었다. 그러나 떨리는 입술은 내 뜻대로 되지 않았다. 그렇게 당황하고 비참하게 왜소해진 나는 그곳에 쪼그리고 앉아 있다가 안락의자에서 몸을 굽혔다. 그는 나의 기분을 격려해 줄 준비가 되어 있지 않았다.

"그렇게 무섭도록 조용히 있지 말게… 정신 차리게… 정말로 그렇게 두려운가? 나 때문에 그렇게 부끄러워? … 이제 다 끝났어, 나는 자네에게 모든 것을 말했어… 적어도 두 명의 남자, 두 명의 친구에 걸맞게 점잖게 이별하세."

그러나 나는 나 자신을 컨트롤할 수 없었다. 그때 그는 나의 팔을 잡았다.

"자, 롤란트, 내 쪽으로 앉게나… 자네가 이 사실을 안 이후로, 우리 사이가 명확해지니 내 마음이 훨씬 편안하네… 처음에 나에게 항상 두려웠던 것은, 자네가 얼마나 나에게 사랑스러운지 자네가 짐작하는 것이었네… 그리고 나서 다만 이 고백을 피하기 위해, 나는 자네가 스스로 그것을 느끼길 다시 희망했었지… 그러나 이제 이 일이 발생했으니 나는 자유롭네… 다른 사람한테는 할 수 없지만, 자네에게는 이야기할 수 있네. 왜냐하면 자네는 몇 년 안에 만났던 그 어떤 다른 사람들보다 나와 가까운 사이였으니… 내가 자네만큼 사랑한 사람은 없었다네… 나의 본질의 최종적인 것을 일깨우게 했던 것을 자네만이 가지고 있네… 이별할 때 그 어떤 다른 사람보다도 더 많이 알아야 하겠지. 나는 이 순간에 자네의 질문, 자네의 침묵을 아주 명확히 느끼고 있네… 자네만이 나의 모든 삶을 알게 되는 걸세. 나의 삶에 대해 듣겠나?"

나의 시선에서, 나의 혼란스럽고 흔들리는 시선에서도 그는 내가 승낙하는 것을 읽어 냈다.

"가까이 오게… 내 쪽으로… 나는 이 일들을 큰 소리로 말하지 못하겠어." 나는 몸을 구부렸다. ― 경건하게라고 나는 그것을 표현하고 싶다. 내가 그에게 귀를 기울이며 맞은쪽에 앉아서 기다리자마자, 그는 다시 일어섰다. "아니아, 그렇게 안 되겠어… 자네는 나를 봐서는 안 되네… 그러면… 나는 말을 할 수 없네." 그리고 그는 단번에 불을 껐다.

어둠이 우리를 덮쳤다. 나는 그가 가까이 있다는 것을 느꼈다. 그리고 그의 숨소리를 느꼈다. 그 숨결은 무겁고 보이지 않았지만 어디에선가 그르렁거리는 것 같았다. 그리고 갑자기 우리 사이에 어떤 목소리가 들려왔고 그가 자신의 삶 전체를 나에게 이야기해 주었다.

가장 존경하는 이분이 마치 단단한 조개가 열린 것처럼 나에게 자신의 운명을 해명해 준 그날 밤, 40년 전 그날 밤 이후, 작가와 시인들이 그들의 글에서 독특하다고 말하고 연극에서 비극적이라 하는 것들이, 이제는 마치 놀이 같고 그다지 의미가 있어 보이지 않는다. 의미가 드러나고 규범적인 삶의 윗부분을 밝히는 빛의 가장자리에서 나타나는 이 모든 것은 나태함, 비겁함이나 근시안적임을 의미하는 것이 아닌가? 반면에 지하실의 반원형 천장 아랫부분, 심정의 동굴과 같은 원천과 하수구에서 인광체처럼 빛을 발하면서, 열정이라는 진실하지만 위험한 동물이 돌아다니는데, 숨겨진 곳에서 한 쌍을 이루고, 괴로워하며 모든 환상적인 형태에 뒤얽혀 들어가는 것이다. 열렬하고 소모적인 초자연적인 충동이 그들을 경악하게 한다. 그 숨결은, 초자연적인 충동 중에서도 뜨겁지만 소모적인 충동은, 타오르는 생명의 예감은 그들을 놀라게 한다. 너무도 연약한 사람들은 인류의 문제로 손을 더럽히기를 두려워했거나, 생기는 없지만 밝음에 익숙한 그들의 시선은, 겉은 번지르르하지만 위험하고 타락이 넘치는 저 밑바닥을 찾을 마음이 없는 것은 아니었는지? 그것을 아는 사람에게는 은닉하지 않는 것이 가장 즐거운 것이고, 위험한 일로 몸을 떠는 것에서 가장 강력한 전율을 느끼는 것이며, 부끄러움으로 포기하지 않는 것이 가장 성스러운 고뇌인 것이다.

그러나 한 인간이 나에게 가장 적나라하게 마음을 열고, 파괴되고, 중독되고, 타오르고, 곪아 버린 가장 깊은 내면을 드러내려고 하는 것이다. 몇 년 동안 억눌렀던 고백을 하면서 그의 격렬한 성적 충동이 '편타고행[25]'처럼 그 자신을 실제로 고문했다. 평생 동안 스스로를 부끄러워하고 움츠러들어 숨어 있던 사람이 도취하듯 압도되어 엄중하게 고백할 수 있었다. 한 인간이 자신의 삶을 조금씩 가슴에서 털어놓는 이 순간, 어린 소년인 나는 처음으로 지상에 존재하는 어떤 감정 중에도 가늠할 수 없는 깊은 곳을 내려다보았다.

비로소 그의 목소리가 공간 속에서 형체도 없이

---

25 편타고행鞭打苦行: 13, 14세기 수도사의 수행법 중, 고행으로 자신을 매질하는 것을 의미한다.

일렁였다. 안개처럼 명료하지 않은 격앙과 비밀스러운 사건에 대한 불확실한 암시를 남기며. 그러나 사람들은 격렬함을 미리 느낄 수 있는, 질주하는 리듬에 앞서서 억지로 늦추었던 박자처럼, 이 열정을 힘들게 자제하는 가운데서도 후에 나타날 폭력성을 느낄 수 있었다. 그리고 나서 내면에 담겨 있는 폭풍우 같은 열정에서 형상들이 경련하듯 솟구치고 난 뒤, 점차로 밝아지며 되살아나기 시작했다. 나는 동급생에게 아무 말도 하지 못할 정도로 소심하고 내면으로 움츠리는 성격을 가졌지만, 학교에서 가장 잘생긴 아이에게 혼란스러워하면서도 열정적으로 성적 욕구를 표현한 한 소년을 보았다. 그러나 그 아이는 그가 부드럽게 접근하자 냉혹하게 거부하면서 쫓아냈다. 두 번째 아이는 무시무시할 정도로 분명하게 말하면서 그를 조롱했다. 더욱 끔찍한 것은, 두 사람이 다른 사람들에게 그의 성도착적 욕구를 소문내면서 조롱거리로 삼았던 것이다. 즉시 조롱과 굴욕을 주는 공개재판이 그 혼란스러운 소년을 마치 나병환자처럼 밝은 공동체 사회에서 내쫓았다. 학교로 가는 길은 매일의 십자가 행군이었고, 자기혐오를 느끼는 밤들이 낙인찍힌 소년을 혼란에 빠뜨렸다. 상처를 입은 소년은 잘못된 것이지만, 꿈에서만은 명료해지는 성적 충동을 터무니없는 짓이자 명예를 실추시킨 죄악으로 느꼈다.

이야기하는 그의 목소리는 위태롭게 떨리고 있었다. 목소리는 한순간에 어둠 속에서 꺼져 버리려는 것 같았다. 그러나 한숨 뒤에 그 목소리는 다시 들리기 시작하였고, 어둡고 안개처럼 뿌연 공간에서 새로운 형상으로 등장하였다. 그것은 마치 그림자와 유령 같았다. 소년은 베를린에서 대학생이 되었다. 처음으로 지하조직과 같은 도시에서 오랫동안 가지고 있던 성적 지향을 충족하는 것이 가능해졌다. 그러나 그것은 역겨움으로 더럽혀졌고 불안으로 중독되었으며, 어두운 거리 모퉁이에서, 역이나 다리의 어둠 속에서 눈짓하며 만남이 이루어졌다. 탐욕스러운 정욕 때문에 얼마나 불행했으며, 위험으로 인해 끔찍했는지! 대부분이 협박당하는 것으로 처참하게 끝이 났고, 몇 주 동안 냉혹한 두려움이 끈적끈적한 흔적처럼 남아 있었다. 어둠과 빛 사이에 지옥의 길이 있었다. 일을 하는 밝은 날에는 크리스탈과 같은 정신의 요소가 연구하는 이의 마음속에 울려 퍼졌지만, 저녁에는 열정적인 사람으로 하여금 근교의 쓰레기 더미 속으로 내려가도록 했다. 이곳에서 그는 경찰의 헬멧이 보이면 도망가는 수상쩍은 동료와 함께하면서, 미소를 지으면 문을 열어 주는 의심스러운 맥줏집으로 들어갔다. 밤에는 그 치욕적이고 흔들리는 등불의 어둠 속에서 폐쇄적인 지하세계를 편력하기 위해, 낮에는 진지하고 품위 있는 강사의 태도를 흠잡을 데 없이 유지하면서, 이 이중적인 삶을 조심스럽게 감추고, 메두사 같은 비밀을 낯선 사람들에게는 은폐하려는 의지를 확고하게 가지면서 스스로를 벌하고 있었다. 항상 고통받는 그는 긴장하였고, 자제하기 위해 자신을 채찍질하면서도, 일반적인 길에서 탈출하는 열정과 마찬가지로 다시 그 짐승들의 우리로 돌아갔던 것이었다. 충동이 그로 하여금 어둡고 위험한 곳으로 몰고 갔다. 치유될 수 없는 성향의 보이지 않는 마적인 힘에 저항하며 10, 12, 15년 동안 신경을 파괴하는 투쟁을 하면서 긴장상태로 지내는 것이 유일한 필사의 발버둥이었다. 즐거움 없이 향유하고, 숨 막히는 부끄러움을 안은 채, 자신의 열정 앞에서 두려움을 지닌 시선은 점차적으로 어두워져 가며 자신의 내면으로 소심하게 숨어 버렸다.

그 후 30세가 된 그는 마침내, 정상적인 궤도에 올라서려는 강력한 시도를 하게 되었다. 친척들이 장래의 부인을 소개해 주었다. 그녀는 젊었으며, 그의 비밀스러운 본질에 대해 이해하지는 못했지만 매료되어 있었고, 그에게 솔직한 애정을 표현하였다. 처음 접한 이 남자아이 같은 몸매와 젊은이들처럼 원기 발랄한 태도는 그의 열정을 잠깐 동안 착각하게 만들기 충분했다. 짧은 연애기간 동안 그는 처음으로 여성에 대한 저항을 억압하고 극복했었다. 그리고 이 올바른 관계 덕분에 그의 잘못된 성향을 자제할 수 있으리라 희망하면서, 처음으로 위험 속으로 빠져드는 것을 멈추고 내면의 징표에 반하여 성급하게 스스로를 속박하였다. ─미리 자발적으로 고백하고 난 뒤에─ 그는 급히 그 젊은 소녀와 결혼했다. 이제 두려운 영역으로 되돌아가는 길이 막힐 것이라 생각했다. 몇 주 동안은 어떤 걱정도 없었다. 그러나 새로운 매력은 곧 그다지 영향력이 없는 것으로 판명되었고, 원래의 욕구가 다시 변덕스럽게 힘을 발휘하기 시작했다. 그는 재발하는 성향을 사회적으로 감추고자 했고, 이때부터 그에게 환멸을 느끼고 실망한 그녀는 진열용 상품의 역할을 하게 되었다. 다시 그는 아주 위험하게 법과 사회의 가장자리로 나아가, 위험의 어둠 속으로 내려가게 되었다.

그리고 독특한 고통은 내적인 혼란이 되었다. 그는 한 직장에 취업했는데, 이곳에서 그의 성향 때문에 저주스러운 상황이 만들어졌다. 강사와 높은 월급을 받는 교수에게는 젊은 학생들과의 지속적인 교류가 공적인 의무였고, 그는 프로이센 법률 내에서 젊음을 꽃피운 청년들에게 좀 더 가까이 가고픈 유혹을 받게 되었다. 그리고 모든 학생은 —이것은 새로운 저주라고 할 수 있다! 새로운 위기인 것이다— 선생이라는 가면 뒤에 에로스의 면모가 있는지 인식하지 못하고 그를 열정적으로 사랑하였다. 그가 친절하게 손으로(비밀스럽게 떨고 있는 손으로) 그들을 살짝 만지면 그들은 행복해했고, 지속적으로 그들을 대할 때 자신을 억눌러

야 하는 사람에게 그들은 열정을 보여 주었다. 이
것은 탄탈로스의 고통이었다. 밀어닥치는 성적 욕
구에 엄격해야 했고, 절대로 끝나지 않을 자신의
약점과 끊임없이 투쟁했다. 그리고 그는 자신이 어
떤 유혹에 패배한 것을 느끼면 항상 갑자기 도주했
다. 그것이 바로 갑자기 떠나가고 되돌아오며 당시
에 나를 혼란스럽게 했던 그 일탈행동이었다. 이제
나는 황량한 곳과 심연이라는 두려움 속으로의 도
피, 즉 섬뜩한 길로 빠져들어 가는 것 같았다. 그는
항상 대도시로 도망갔다. 이 외진 곳에서 그는 신
뢰할 만한 사람들을 만났는데, 그들은 낮은 계층의
사람이었다. 그는 이들과의 만남으로 더럽혀지는
것이었고, 성스럽게 헌신하는 청년 대신에 매춘부
같은 청년을 만났다. 그러나 이러한 역겨움, 이처
럼 방탕한 생활, 이러한 저급함, 이러한 실망스러
운 동시에 유해한 선술집이 그에게 필요했다. 그리
고 집으로 돌아오면 학생들과의 친근한 모임 속에

서 그의 위치는 다시 확고해진다. 오, 이 만남들이 란 — 그의 고백이 나에게 보여 주었던 것은 무시무시하고 악취 나는 지상의 형상들이었다. 왜냐하면 선천적으로, 그리고 숨을 쉬는 행위처럼 형상의 아름다움이 꼭 필요했던 지적 수준이 매우 높은 이 사람은 모든 감정의 순수한 대가지만, 그는 내막을 알고 있는 사람들에게만 허용되는 담배 연기가 자욱한 싸구려 술집에서 지상에 존재하는 최후의 저급함과 만나야 했다. 그는 산책로에서 만난, 화려하게 치장한 소년의 무례한 요구, 향수를 뿌린 미용 보조원의 달콤하고 친밀한 태도를 알고 있었다. 여성의 스커트를 입은 의상도착증 환자의 자극적인 키득거림, 한가한 배우의 극단적인 물욕, 씹는 담배를 물고 있는 선원의 상스러운 애정 표현 — 이 모든 것이 기형적이고, 불안하고, 전도된 그리고 환상적인 형태로 나타났다. 이 형상 속에 잘못 들어간 사람은 도시의 가장 최하의 외곽지대에서 스스로를 찾고 인식한 것이다. 그는 모든 굴욕, 치욕, 폭력을 외설적인 길 위에서 마주쳤다. 그는 여러 번 금품을 도난당하기도 했다(그는 마구간 시종과 맞잡고 싸우기에는 너무도 약하고 고귀한 인물이었다). 시계도 잃어버리고, 외투도 입지 못하고, 거기에다 도시 외곽의 싸구려 호텔에서 만난 술 취한 동료에게 조롱당하며 집으로 돌아오기도 했다. 그를 협박하는 사람들은 그의 뒤를 밟기도 했는데, 그중에 한 명은 수개월 동안 대학에도 쫓아왔다. 청강생들의 맨 앞에 뻔뻔스럽게 앉아 비열한 웃음을 지으며, 도시에서 저명한 교수를 올려다보는 것이다. 그는 간신히 진행하는 강의를 망가뜨린 그의 친근한 눈 깜박임을 보고 몸을 떨었다. 한번은 ─그의 이야기를 듣고 심장이 멎을 뻔했다─ 그는 한밤중에 베를린에서 한 패거리와 함께 악명 높은 술집에서 경찰에 의해 발견된 적이 있었다. 한번 잘난 척은 할 수 있지만, 실은 권한도 별로 없는 어띤 우람하고 뺨 붉은 경찰이 허풍을 떨며 모멸스러운 미소를 띤 채, 떨고 있는 그 사람의 이름과 게급을 적고는 석방시켜 주었다. 이번에는 관대하게 무죄로 석방되었지만, 그의 이름은 그때부터 어떤 리스트에 올라갔다. 술 냄새가 나는 방에 오랫동안 앉아 있던 사람의 옷에서 그 냄새가 배어 있는 것이 느껴졌다. 그래서 그가 사는 도시의 어떤 불명의 장소에서 소곤거리는 소문들이 점차 새나오기 시작했다. 왜냐하면 당시의 학교에서와 같이 대학의 모임에서의 항상 자극적인 연설과 인사말에는 냉담함이 어려 있었고, 마침내 유리로 된 투명하고 냉담한 공간은 항상 고독한 이를 모든 이에게서 격리시키기 때문이었다. 그는 일곱 겹으로 닫힌 집에서 완벽하게 은둔하며, 항상 감시대상이 된 것을 느꼈다.

그러나 이 고통받고 불안해하는 마음에 순수한 친구나 고귀한 사람의 은총도, 용감하고 압도적인 배려로 품위 있게 응답해 주는 사람은 없었다. 항상 그는 자신의 감정을 위와 아래의 세계로 구분해야만 했었다. 위의 공간에는 정신적으로 교감하는 대학의 젊은 동료가 있었고, 아래의 공간에는 어둠 속에서 알게 된 동료가 있었다. 그러나 그는 아침이 되면 더욱 전율하며 정신을 차리게 해 준 동료와의 교류를 갈망했던 것이다. 이미 나이 든 사람에게 젊은이의 순수하고 풍부한 애정은 전혀 주어지지 않았다. 실망으로 기가 죽고, 우거진 숲속에서 고통스럽게 추격을 당해 지치고 절망한 그는 스스로 생매장당한 것이라 생각하였다 — 그때 한 젊은 사람이 그의 삶에 나타났다. 그는 나이 든 그에게 열정적으로 다가왔고, 그에게 기꺼이 희생하겠다고 말하였다. 그 청년은 아무것도 모른 채 제압당했고, 더 이상 희망할 수 없는 기적 앞에서 경악하고, 그렇게 순수하게, 아무것도 모르는 상태로 받은 선물에 대해 더 이상 가치를 실감하지 못하는

그에게 청년은 열렬했다. 그 젊음의 전령은 다시
한번 다가왔다. 아름다운 모습과 열정적인 감각은
정신적인 불꽃을 지닌 채 그를 위해 타오르고 있었
다. 그리고 호의적인 유대를 통하여 그와 다정하
게 결합되어 있었다. 청년은 그의 성향을 갈구하면
서 그 위험을 느끼지 못하고 있었다. 경험해 보지
못한 영혼 속에 있는 에로스의 횃불은 바보 파르치
팔[26]처럼 용감하지만 전혀 예감조차 못하고 있었
다. 그는 독으로 상처 입은 그에게로 너무도 가까
이 다가왔고, 마법의 효과에 대해서도 알지 못하지
만, 그가 온 것만으로도 이미 구제 능력을 지닌 것
이다. ― 삶에서 너무도 오랫동안 기다렸던 그가
너무 늦은 마지막 해가 지는 저녁 시간에 자신의

---

26 파르치팔Parzival: 중세 독일의 기사 시인 에셴바흐Wolfram Eschenbach
   (1170-1220)의 작품에 등장하는 주인공이자 작품의 제목이다. 아더왕의
   궁정에서 궁정 예법을 배우고, 공을 세워 아름다운 이웃나라 여왕을
   구하고, 후에 그녀와 결혼한다. 그는 계속해서 수련의 길을 떠나는데,
   많은 어려움을 겪고는 결국 성배왕이 된다. 이 작품은 인간의 물욕과
   성욕 그리고 종교적 구원에 대한 의미를 다루고 있다.

집으로 들어왔던 것이다.

그리고 이 형상을 묘사하면서 그 목소리도 역시 어둠 속에서 고조되었다. 밝은 빛이 그 목소리를 정화하는 것 같았고, 깊은 곳에서 공명共鳴하는 애정으로 말미암아 목소리는 음악이 된 것 같았다. 왜냐하면 이 언어의 힘을 지닌 입이 최근에 사랑하게 된 이 청년에 대해서 말을 했기 때문이었다. 나는 흥분하고 동감하며 행복감에 몸을 떨었다. 그러나 갑자기 ― 그것은 마치 나의 마음을 망치로 때리는 것 같았다. 왜냐하면 나의 스승이 이야기하는 젊고 열렬한 사람은 ― … 그것은 … 부끄러움이 나의 뺨에 나타났다. … 그렇다, 그것은 나였다. 뜨겁게 빛나는 거울에서 반사되는 것처럼, 나는 예감하지 못했던 사랑의 빛으로 감싸인 내가 나타나는 것을 보았다. 그것은 나였다 ― 나는 점점 더 가깝게 나 자신을 인식하였다. 감격에 겨워 달려들며, 그와 가까이 있고자 하는 광적인 의지와 갈망하는 열정, 정신적인 것이 충족되지 않았던, 그 힘을 잘 모르면서도 다시 한번 문을 닫아 건 사람에게서 창조적인 것이 발아할 씨앗을 일깨우는, 그의 영혼에서 피곤에 지쳐 꺼져 버린 에로스의 횃불에 불을 붙이는 어리석으며 격렬하고 젊은 나를 인식하였다. 그의 나이에도 불구하고 밀려오는 충만한 열정을 최고의 성스러움과 경이로움으로 사랑했던 그에게, 수줍던 내가 그에게 어떤 의미였는지 이제 나는 놀라움으로 알게 되었다. 그는 자신의 의지를 다해 나를 밀어내려 엄청나게 노력했음을 전율하면서 인식하였다. 왜냐하면 순수하게 사랑했던 나에게서 그는 조롱을 ― 그리고 거부나 모욕당한 육체의 전율을 경험하려 하지 않았기 때문이다. 불만족스러운 운명에서 나타난 마지막 은총을 쾌락적인 유희에 대한 감각에 넘겨주려 하지 않았던 것이다. 그러기에 그는 내가 다가가는 것을 그렇게 혹독하게 거부했고, 과도한 감정을 차갑게 빈정대며 쫓아 버렸던 것이다. 부드럽게 넘쳐 나오는 '친구'라는 단어를 관습적인 냉정함으로 날카롭게 만들었고, 부드럽게 감싸는 손을 통제하였다. ─ 오직 나를 위해서 그는 나를 이성적으로 만들어야 했고 자신을 보호하고자 자신에게서 냉혹함을 강요했기에, 몇 주 동안 나의 영혼을 파괴시켰던 것이다. 이제 그날 밤의 심각한 혼란의 이유가 너무 두려울 정도로 명확해졌다. 그때 그는 상처 입은 말로 스스로를, 그리고 우리의 우정을 구하기 위해 그날 그토록 강력한 인상을 준 몽유병자가 되어 삐거덕거리는 계단을 올라왔던 것이다. 그리고는 전율하고, 경탄하고, 열병에 걸린 듯 흥분하여 연민으로 녹아 내렸다. 나는 그가 얼마나 나를 위해 괴로워하고, 장렬하게 자신을 자제하였는지 이해하게 되었다.

어둠 속에서의 이 목소리, 나는 어둠 속에 들리는 이 목소리가 나의 가장 깊은 가슴속까지 파고드는 것을 느꼈다. 그것은 내가 그전에 한번도 들어보지 못한 소리에 담겨 있는 어조였다. 그전이나 그 후에도 한번도 들어 보지 못했고 못할 — 평범한 운명은 절대 알아내지 못하는 깊이에서 나오는 어조였다. 그 사람은 죽으면서, 노래하기 위해 단 한 번 말할 수 있는 백조의 전설같이, 영원히 침묵하기 위하여 그의 삶에서 단 한 사람에게 말하였던 것이다. 나는 격하게 거부하면서도, 타오르듯 파고드는 그 목소리를 나의 마음속으로 받아들였다. 마치 한 여성이 남성을 맞이하는 것처럼 전율하며, 그리고 고통스러워하면서.

그리고 갑자기 목소리가 멈췄다. 우리 사이에는 다시 어둠만이 존재하고 있었다. 나는 그가 가까이 있다는 것을 알았다. 단지 손만 들면 됐다. 뻗은 손으로 그를 만졌다. 나는 고통받는 사람을 위로하고 싶은 생각이 강력하게 들었다.

그때 그는 움직여 불을 켰다. 지치고, 늙고, 고통

에 지친 한 사람이 안락의자에서 갑자기 일어섰다
― 한 명의 늙고 힘없는 남자가 서서히 나에게로
왔다.

"잘 가게, 롤란트… 우리 사이에는 이제 더 이상
할 말이 없네! 자네가 와 주어 좋았어… 자네가 가
는 것이 우리 두 사람에게 좋을 걸세… 잘 가게…
그리고 자네에게… 이별할 때 키스하는 것을 허락
해 주게!"

마치 불가사의한 힘에 이끌려, 나는 주저하며 그
에게 다가갔다. 뒤범벅된 연기로 인해 잘 보이지
않게 된, 탐닉하는 그 빛이 그의 눈에서 명백히 발
하고 있었다. 그의 눈에서 타는 듯한 불꽃이 높이
솟구치고 있었다. 그는 나를 가까이 끌어당겨, 자
신의 입술로 나의 입술을 갈망하듯 눌렀다. 그는
신경질적으로 움칠하고 경련하면서 나의 몸을 자
신에게로 압박하였다.

그것은 내가 여자에게서 한번도 받을 수 없었던

키스였다. 그 키스는 격했고 마치 단말마와 같이 절망적이었다. 그의 몸이 떨며 경련하는 것이 나에게 전달되었다. 나는 낯설고 두려운 감정에 이중으로 사로잡혀 전율하였다. —나는 마음으로는 포기하였지만 남자가 나의 육체를 만진다는 사실이 불쾌하여 거부의 감정이 들면서 실색하고 말았다— 나를 억압하여 잠시 마비된 몇 초가 지나치게 길게 느껴지는 감정의 끔찍한 혼란을 느꼈다.

그때 그는 나를 놓아주었다. —억지로 몸을 떨어뜨려 놓는 것 같은 충격이 있었다— 그는 가까스로 몸을 돌려 나에게 등을 돌리고 있는 안락의자에 앉았다. 그러고는 잠시 멍하니 몇 분 동안 기대어 허공을 바라보았다. 점차적으로 그에게 머리가 너무도 무겁게 여겨진 것 같았다. 그는 피곤하고 지친 듯 몸을 구부렸다. 마치 큰 의미가 있는 것처럼 오랫동안 흔들다가 갑자기 깊숙이 떨구고, 둔탁하고 메마른 소리를 내며 이마를 책상 위에 댔다.

끝없이 연민의 감정이 나의 몸 전신에 감돌았다. 무의식적으로 나는 가까이 다가갔다. 그러자 구부러진 등이 다시 한번 경련하였다. 뒤로 돌려서 맞잡은 그의 손 사이의 움푹 들어간 곳에서 심히 잠기고 둔탁한 목소리가 위협하듯 신음하였다.

"가! … 가! 안 돼! 가까이 오지 마! … 제발… 우리 두 사람을 위해서… 지금 가게나! … 가 버리게!"

나는 그 말을 이해했고 떨면서 물러섰다. 마치 도망치는 사람처럼 나는 그토록 좋아했던 공간을 떠났다.

나는 다시 그를 보지 못했다. 한 통의 편지도 받지 못했고 어떤 소식도 듣지 못했다. 그의 논문은 출간되지 않았다. 그의 이름은 잊혔다. 아무도 나보다 그에 대해 잘 알지 못했다. 그러나 요사이도 여전히, 한때 아무것도 몰랐던 젊은이처럼 나는 느낀다. 그를 만나기 이전에 아버지와 어머니가 계셨고, 그를 만난 이후에 아내와 아이들이 생겼지만, 그 누구에게도 나는 더 이상 감사한 마음을 갖지 못했다. 나는 더 이상 아무도 사랑하지 못했다.

작품 해설

오스트리아 작가 슈테판 츠바이크Stefan Zweig (1881~1942)가 1926년 출간한 『감정의 혼란*Verwirrung der Gefühle*』은 오스트리아에서 가장 유명한 작품 중의 하나이다. 작품은 일인칭 화자가 두 개의 관점, 즉 환갑 기념 논문집을 받은 영문과 교수와 교수의 젊은 시절 어리숙한 학생의 관점에서 독자에게 사건을 전달하는 형식의 단편소설이다. 저자는 '추밀고문관 R. v. D.의 개인적 수기'라는 작품의 부제목을 통해, 이 소설이 주인공의 공적인 삶이 아닌 개인적 삶을 독자에게 전달하려 했음을 보인다.

이 작품에서 가장 핵심이 되는 것은 '열정Leidenschaft'이라는 테마와 '동성애Homosexualität' 문제이다. '열정'의 테마는 츠바이크가 일평생 매료된 것으로, 그는 자신의 다른 작품에서도 "열정Begeisterung", "열광Enthusiasmus", "도취Rausch" 등 다양한 표현을 등장시키고 있다. 츠바이크는 자살하기 하루 전에 완성한 그의 자서전 『어제의 세계. 한 유럽인의 기억들Die Welt von Gestern. Erinnerungen eines Europäers』(1942) 중 「이전 세기에서의 학교Die Schule im vorigen Jahrhundert」에서도 열정의 테마를 언급한다. 저자는 여기에서 당시에 고루했던 학교 수업을 받은 많은 젊은이들이 교과서 외에 철학, 문학, 예술, 그리고 수집 등에 열정적인 관심을 갖게 되었다고 한다. 그중에서도 그는 특히 "창조적 열정이 지속되고 삶과 의미이자 핵심이 되어 있었던 유일한 사람"[1]이었다고 자신을 평가하고 있다. 『감정의 혼란』 속에도 롤란트와 스승의 열정적 성향을 표현하는 문장은 자주 등장한다.

동성애 문제는 츠바이크가 1905년부터 편지 교환을 시작하여 근 30년간 우정 관계를 맺었던 프로이트Sigmund Freud(1856~1939)의 심리학에 바탕을 두고 있다. 츠바이크는 『어제의 세계. 한 유럽인의 기억들』 중 「확실성의 세계Die Welt der Sicherheit」에서, 자신이 살고 있는 세계를 불확실성의 세계로 파악한다. 그는 확실성이 없는 세계를 프로이트가 말하는 무의식의 파괴적인 힘을 통해 설명할 수 있다고 본다.

프로이트가 우리의 문화와 문명에서 무의식의 파괴적인 힘들에 의해 모든 순간을 꿰뚫어 볼 수 있

---

1   Stefan Zweig: *Die Welt von Gestern*. S. 31. http://www.literatur download.at/pdf/StefanZweig

는 얕은 층위만을 바라보았다면, 우리는 그가 옳다
고 인정했어야 할 것이다. 우리는 발밑에 기반도
없이, 권리, 자유, 확실성이 없는 것에 점차로 익숙
해져 있었다.[2]

프로이트는 불확실성의 세계 속에서, 특히 무의
식의 파괴적인 힘, 즉 정신적인 문제로 고통받는
환자를 치료하면서, 그중 편집증Paranoia의 중심에 무
의식적 동성애가 있음을 지적한다.[3] 또한 프로이트
는 자신의 저서 『인간의 성생활』에서도 편집증을
두고 "강한 동성애를 억지로 방지하는 시도에서 발
생한다"[4]라고 정의하고 있다. 즉 정신병을 치유하

2 Stefan Zweig: *Die Welt von Gestern*. S. 6. http://www.literatur
download.at/pdf/StefanZweig
3 한스 마르틴 로만·요하임 파이퍼 엮음, 『프로이트 연구 I』, 원당희 옮
김, 세창출판사, 2016, 382쪽.
4 지그문트 프로이트, 『정신분석입문/꿈의 해석』, 김양순 옮김, 동서문
화사, 2008, 292쪽.

는 의사의 입장에서 그는 동성애가 단순히 터부시 돼야 하는 병이나 치유가 불가능한 병이 아니라고 보며, 동성애적 증상이 있는 환자를 가족, 부모와의 관계에서 오는 문제로 인해 발생한 것으로 보고 치유의 가능성을 언급한다. 그러나 일반적으로 터부시되는 '무의식과 동성애 문제'를 연구한 프로이트의 영향을 받은 츠바이크가 『감정의 혼란』에서 '동성애 문제'를 다루자, 이 작품은 당시 큰 성공을 거두었음에도 많은 비판을 받아야 했다.

롤란트: 열정

후에 영문학 교수가 된 롤란트는 어린 시절에는 대학 총장이었던 아버지를 향한 반감으로 대학의 인문학 공부에 관심을 갖지 못한다. 그러나 아버지의 뜻을 거스를 수 없어 결국 대학에 진학한 그는 "자유라는 감정이 과도하게 도취된"(VG 127)[5] 베를린의 분위기에 휩싸여, 수업을 등한시하고 여성과의 연애에 몰두해 있었다. 어느 날 저녁, 그가 여자와 시간을 보내고 있을 때, 갑자기 나타난 아버지와의 대화에서 그는 이제까지 가졌던 아버지에 대한 부정적인 이미지를 탈피하게 된다. 그는 아버지의 의견을 받아들여 작은 도시에 소재한 대학에서 공부하게 된다.

새로운 대학에 등록한 날, 롤란트는 인간의 "열정Ekstase"(VG 136, 230), "갈망하는heißhungrig"(VG 137) 감정, "열정적 무절제heiße Orgie"(VG 137)가 담겨 있는 작품 세계에 대해 설명하는 교수의 "휘몰아치는"(VG 135) 열정적인 강의에 "최면에 걸린 듯이"(VG 136) 매료된다. 교수는 학생들에게 "열정", "열광"이라는 단어를 강조하며 다음과 같이 강의한다.

---

5   Stefan Zweig: Verwirrung der Gefühle. In: *Verwirrung der Gefühe und andere Erzählungen.* Marix Verlag (이하 VG).

모든 정신은 피에서 나오고, 모든 생각은 열정에서 나오고, 모든 열정은 열광에서 나오는 것이기 때문입니다. — 그러기에 셰익스피어와 그 세대의 사람들을 여러분과 같은 젊은 사람들이 진정 젊게 만드는 것입니다. 우선 단어를 공부하기 전에, 세상에서 가장 외연적이고 훌륭한 교양서는 열정이고 노력인 것입니다! (VG 139 이하)

스승의 열정적인 강의에 감동한 롤란트는 자신의 상태를 다음과 같이 묘사한다.

나는 움직일 수 없었고, 마치 심장을 얻어맞은 것 같았다. 열정적이 된 나는 모든 감각이 충격을 받은 듯, 모든 것을 열광적으로 이해하게 되었다. 나는 처음으로 한 교수에게, 한 인간에게 사로잡히는 것을 느꼈고, 그 앞에서 본분과 쾌락마저 굴복할 수밖에 없었던 그의 우월감을 인식하였다. 나의 혈관은 달아올랐다. 나의 몸에서 돌진하는 리듬이 요동치고, 초조하게 모든 관절에 상처를 입힐 때까지 나의 호흡이 더욱 빨라지는 것을 느꼈다. (VG 140)

롤란트는 교수의 강의를 자신으로 하여금 "마술과 같이 열려진 세계"를 보게 하였다고 평하고, 다음 날의 강의를 기다리면서 "거의 잠을 잘 수 없"(VG 145)이 "흥분"된 상태를 청춘의 "열정"이나 교수에 대한 "존경심"(VG 151)으로 이해한다. 그는 교수에 대한 열정적인 존경심으로 학문에 몰두하면서, 교수가 자신에게 "손을 대는"(VG 151) 신체적인 접촉도 성적인 의미로 생각하지 않는다.

소설의 마지막에 롤란트는 "그를 만나기 이전에는 아버지와 어머니가 계셨고, 그를 만난 이후에 아내와 아이들이 생겼지만, 그 누구에게도 나는 감사한 마음을 갖지 못했다. 나는 더 이상 아무도 사랑하지 못했다"며 스승의 의미를 극대화하고 있다.

롤란트의 감정의 혼란

주인공 롤란트의 '감정의 혼란'은 제목으로 쓰였지만, 작품의 핵심 주제는 되지 못한다. 그렇지만 그는 교수의 비밀을 알기까지, 그리고 알고 난 뒤에도 여러 번의 혼란스러운 감정을 경험한다. 교수에게 큰 감동을 받고 교수의 작업을 도우면서도 그는 교수의 갑작스럽고 돌발적이고 변화무쌍한 태도로 인해 '감정의 혼란'을 겪는다.

그가 믿음을 주면서 서먹함이 사라지는 듯하다가도, 다음 순간 그는 아주 가깝게 느꼈던 종속 관계조차도 잘라내 버리는 제스처를 취하며 해체하는 것이다. 그의 변덕스러움으로 인하여 나의 감정은 점점 더 혼란스러웠다. 내가 흥분하여 바보스러운 행동을 할 뻔했다고 해도 과장은 아니다. 왜냐하면 내가 그에게 주의를 환기시켰던 책을 그가 아무 일 없는 것처럼 가볍게 툭 치면서 옆으로 치워 버릴 때, 밤에 우리 사이에 대해 깊은 대화를 하면서, 내가 그의 사상에 깊이 몰두하여 있을 때 —나의 어깨에 부드럽게 손을 올려놓았다가는— 갑자기 일어서서 무뚝뚝하게 "가세요. 늦었네요. 잘 가요"라고 말할 때면, 그런 사소한 일은 몇 시간 혹은 며칠 동안 나를 혼란시키기에 충분하였다. 끝없이 흥분하도록 요구받으면서 나의 예민한 감정은 병들게 되었다. 물론 의도되지는 않았지만 — 내면의 감정의 혼란에 대해 스스로를 진정시키려는 모든 노력은 아무 도움도 되지 않았다. 이런 일이 매일 일어났다. 나는 그의 가까이에서 타올랐다가 그가 멀어지면 얼어붙었다. 항상 그의 행동 때문에 실망했고, 안심시켜 주는 어떤 징표도 없었기에, 모든 우연한 일로도 혼란스러웠다. (VG 181)

교수와 함께 작업했던 저서가 완성되던 날 밤, 그는 롤란트의 집을 찾아와서 기이한 행동을 하여 그를 당혹시킨다.

갑자기 그 허약한 형상이 움직였다. 그는 나에게 다가왔다. 그리고 사악하고 음탕한 웃음을 지었다. 그 웃음은 눈에서 위험하게 번뜩거리고 있었다. 그 사이 입술을 꽉 물고, 마치 낯선 마스크를 쓴 것처럼 그는 순간 경직된 상태로 히죽히죽 웃으며 나를 보고 있었다. ― 목소리는 갈라진 뱀의 혀처럼 날카롭게 튀어나왔다.

"나는 당신에게 말하려 했습니다… 차라리 너라고 하는 게 나을 것 같군. 그것은… 그것은… 학생과 스승 사이에 맞지 않아… 이해하나? 사람들은 거리를 유지해야 해… 거리… 거리를."

그리고 그는 그렇게 증오에 가득 차서 따귀를 때리려는 모습으로, 마치 상처를 입은 사람처럼 음흉하게 나를 바라보았다. 그는 무의식 중에 내 손을 움켜쥐고 있었다. 나는 비틀거리며 뒤로 물러났다.

그가 미쳤나? 술에 취했나? 그는 주먹을 쥐고 그곳에 서 있었는데, 마치 나에게 달려들어 내 얼굴을 때리려 하는 것 같았다. (VG 197 이하)

어느 날 교수가 자신에게도 이야기하지 않고 여행을 떠난 날, 배신감에 혼란스러워진 롤란트는 교수에게 사랑받지 못하는 그의 아내와 간통을 하게 된다. 이때에도 롤란트는 다시 감정의 혼란을 겪는다.

나는 나에 대해, 그녀에 대해, 모두에 대해 그가 죄가 있고, 그녀를 무시하는 것에 대한 그녀의 분노에 찬 고백을 도취하듯 받아들이기를 갈망했다. — 이것이 거부당하는 나의 감정과 유사한 것이었다. 그렇게 일이 벌어진 것이다. 우리 두 사람은 그를 향한 혼란스러운 공동의 미움으로 행한 일을 마치 사랑 때문에 행한 것으로 생각했다. (VG 214)

그리고 마지막에 교수의 비밀을 알고 나서, 그가 롤란트에게 이별의 키스를 하자 다시 감정의 혼란을 겪는다.

교수: 동성애 그리고 감정의 승화

이 작품의 제목이 '감정의 혼란'이기에, 동성애 문제는 중간 부분까지 암시만 되고 완화되어 표현된다. 교수 아내의 "소년과 같은"(VG 157) 모습과 "소년의 얼굴"(VG 163)이라는 표현에서 동성애 문제가 암시된다. 교수의 모습도 "여성적"인 "둥근 턱"(VG 141), "남성적"(VG 141)인 이마, "남자의 손치고는 약간 가늘고, 부드럽고 연약해 보이는 손가락"(VG 142)을 지닌 이중적인 면모를 보인다. 롤란트는 스승의 학문에 대해 존경심과 열정을 표현하면서 스승의 동성애적 요소도 다음과 같이 묘사한다.

그가 자신의 모습이 나를 감동시키고 있음을 나의 시선과 불안한 손동작으로 자주 느끼고 있는 것이 분명했다. 그리고 나의 입모양에서 불확실하게나마 믿어 달라는 요청, 혹은 그를 살펴보는 나의 태도에서 그의 고통을 나의 내면으로 받아들이려는 비밀스러운 열정을 인식하는 것 같았다. 분명히 그는 그것을 느꼈을 것이다. 왜냐하면 그는 활발히 진행하던 대화를 갑자기 중단하고, 나를 감동한 듯 쳐다보곤 했기 때문이다. 그렇다. 이러한 감정은 놀랄 정도로 따뜻하면서도 모호한 시선으로 나를 충만하게 하였다. 그러고 나서 그는 나의 손을 자주 잡았는데, 불안해하면서도 오랫동안 붙잡고 있었다. (VG 167)

"큰 키에 날씬하며, [⋯] 눈에 띄게 잘생긴 학생" (VG 127)인 롤란트는 "선천적으로, 그리고 숨을 쉬는 행위처럼 형상의 아름다움이 꼭 필요했던 지적 수준이 매우 높은 사람"(VG 227)인 교수에게 "피곤에 지쳐 꺼져 버린 에로스의 횃불을 지피게"(VG 230) 하였다. 인생에서 가치 있는 삶을 "아름다움을 관조하는 삶"[6]으로 파악하는 플라톤적 의미에서 롤란트의 미美는 아름다움을 시각적으로 관찰할 수 있는 에로스이지만, 동시에 그의 신체적 매력은 스승에게는 리비도의 충동을 야기한다.

그러나 이 고통받고 불안해하는 마음에 순수한 친구나 고귀한 사람의 은총도, 용감하고 압도적인 배려로 품위 있게 응답해 주는 사람은 없었다. 항상 그는 자신의 감정을 위와 아래의 세계로 구분해야만 했었다. 위의 공간에는 정신적으로 교감하는 대학의 젊은 동료가 있었고, 아래의 공간에는 어둠

---

6 소크라테스·플라톤, 『소크라테스의 변명·크리톤·파이돈·향연』, 박문재 옮김, 현대지성, 2019, 293쪽.

속에서 알게 된 동료가 있었다. 그러나 그는 아침이 되면 더욱 전율하며 정신을 차리게 해 준 동료와 교류를 갈망했던 것이다. (VG 229)

플라톤의 『향연』에서 소크라테스는 신체적인 에로스보다 정신적인 에로스의 의미를 강조한다. '정신적인 에로스에 바탕을 두고 자신의 "구애를 받아 준 소년 […] 지혜와 그 밖의 다른 미덕에서 진보할 수 있게 도와주려는 열망을 지니"고 있음과 동시에 "소년은 가르침을 받아 지혜로워지려 하는 열망을 지니고 있어야 하네."'7 플라톤이 말하는 에로스는 긍정적인 결과를 만든 예를 든다. 사랑하는 제자를 성장시킨 교수와 교수의 지도를 받으면서 성장하는 롤란트는 플라톤적 에로스에 근거를 두고 교수를 존경한다. 롤란트의 성장하는 과정에서 교수는

---

7   소크라테스·플라톤, 앞의 책, 242쪽.

"언어를 부여하고. 그의 숨결 속에"(VG 123) 이야기한다고 말하며 교수의 영향을 말한다.

플라톤은 『향연』에서 절제의 의미를 다음과 같이 말한다.

> 에로스는 정의만이 아니라 절제와도 많이 연관되어 있다네. 쾌락과 욕망을 다스리는 것이 절제인데, 그 어떤 쾌락도 에로스보다 더 강하지 않다고 모든 사람이 이구동성으로 말한다네. 그렇다면 쾌락은 에로스보다 더 약하기 때문에 에로스의 다스림을 받게 되고, 에로스는 쾌락을 다스리게 될 것이 분명하네. 따라서 우리는 쾌락과 욕망을 다스리는 에로스가 지극히 탁월한 절제를 행하고 있다고 할 수 있네.[8]

---

8   소크라테스·플라톤, 앞의 책, 263쪽.

롤란트는 플라톤이 말하는 '절제'의 의미를 교수가 자신에 대해 보여 준 이성적 태도로 설명한다. 교수는 롤란트에게 느끼는 성적 충동에 대한 유혹과 거리를 유지하며 이성을 찾는다. 저서를 완성한 날 교수는 밤에 롤란트를 찾아가 다음과 같이 외친다.

그것은… 학생과 스승 사이에 맞지 않아… 이해하나? 사람들은 거리를 유지해야 해… 거리… 거리를.(VG 196)

또한 교수는 도덕의 경계선을 넘지 않으려 노력한다. 작품의 마지막에 교수는 자신의 가장 내적인 면을 고백하면서 마지막으로 롤란트에게 이별의 키스를 한다. 교수는 "갈망하듯 눌렀"고 "격했고 마치 단말마와 같이 절망적"(VG 232f)이었던 키스로 자신의 성적 욕구를 고백한다. 작가는 교수의 동성애적 성향과 그로 인한 고뇌와 고통받는 모습을 롤란트와 교수의 작업 공간에서 본 작품들로 형상화시키고 있다. 작가는 가니메데스를 "향유하는 인물"로, 성 세바스찬은 "비극적인 아름다움"(VG 151)을 지닌 인물로 대비시키는 것이다.

교수의 아내와 자연

교수의 아내(사모님) 역시 이름이 없으며, 작품의 내용상 그녀의 역할은 크지 않다. 그녀는 남편의 동성애 성향의 희생자이다. 그러나 "그는 그럴 가치가 없는 사람입니다"(VG 203)라고 롤란트에게 말하는 그녀는 동성애를 병적인 요소로 보는 사회의 대변인이다. 교수의 "어두운" 연구실에서 일만 하는 롤란트를 밝은 날 호수로 초대하여 일상의 삶을 찾도록 하는 인물이다.

우리는 출발했고 계속해서 먹고 떠들고 서로 웃으

며 가까이에 있는 작은 호수로 향하는 전차를 탔다. 그리고 힘들고 지지했던 몇 주 동안 나는 수다를 떨면서 즐거워할 수 없었기에, 이 한 시간은 나로 하여금 약간 아릿한 와인처럼 취하게 했다. 정말로, 어린아이 같고 들뜬 그들의 모임은 완전히 성공적이었다. 나는 벌집 주위의 꿀벌처럼 점점 더 윙윙거리며 맴돌았고 불확실한 생각에서 빠져나오게 되었으며, 밖으로 나와 젊은 처녀와 우연히 달리기 시합을 하면서 나의 근육을 다시 느끼게 되었다. 나는 다시 예전의 빈틈없고 걱정 없는 젊은 이가 되었다. (VG 207 이하)

교수의 아내는 롤란트와 밝은 대낮에 호수로 소풍을 함께 떠나면서, 그가 일상의 삶과 현실로 다시 돌아오게 한다.

작품에 나타난 작가의 전기적 요소

스승이 대도시의 근교에서 겪었던 동성애자들의 세계는, 츠바이크가 1902년 베를린대학에서 잠시 공부할 때 경험한 것에 바탕을 두고 있다. 츠바이크는 『어제의 세계. 한 유럽인의 기억들』 중 「대학생활Universitas vitae」에서 베를린에서의 경험을 다음과 같이 묘사한다.

나는 몹시 취한 술꾼과 모르핀 중독자와 동성애자들과 같은 식탁에 앉아 있었다. 나는 의기양양하게 대단히 유명지만, 결국엔 처벌을 받은 사기꾼과 악수하였다(그는 후에 자기 경험을 책으로 출간하였고 이것 때문에 우리 작가 모임에 속하게 되었다). 내가 리얼리즘 소설에서 믿을 수 없는 것 모두는 내가 소개했던 작은 술집 그리고 카페에 압축되어 나타난다. 한 사람의 명성이 매우 우려되면, 그 사실을 전달하는 이를 개인적으로 알고자 하는 관심이 커져 갔다. 위험한 사람들에 대한 이 특별한 사랑이나 호기심은 일평생 나와 동반했는데, 더 까다로워야 하는 시기에도 그러했다. 나의 친구들은 내가 부도덕하고, 믿을 수 없으며, 명예를 실추시키는 사람들과 알고 지내는 것을 꾸짖었다. 아마도 내가 출생한 바로 그 견고한 영역이, 어느 정도는 '확실성'이라는 콤플렉스와 함께 나에게 부담을 준다는 느낌이 들었다. 그들의 삶, 그들의 시대, 그들의 자산, 건강 등으로 좋은 명성을 낭비하고 비루하게 다루었던 모든 사람들에게 마음을 빼앗겼다. 독자들은 어떤 목표도 없이 열정적인 사람들, 단순히 존재하는 편집증에 시달리는 사람들을, 나의 소설과 단편에서 모든 집중적이고 제어되지 않는 본성을 위한 애정을 볼 수 있을 것이다.[9]

9 Stefan Zweig: *Die Welt von Gestern*. S. 60. http://www.literatur download.at/pdf/StefanZweig

『어제의 세계. 한 유럽인의 기억들』에서 표현된 베를린에서의 경험은 교수가 롤란트에게 고백한 대도시에서의 일탈행동과 그곳에서 접했던 사람들과 사건들로 발전했다.

『감정의 혼란』은 독일과 프랑스의 합작으로 1981년 영화화되었고, 러닝타임은 1시간 30분이다. 감독은 벨기에 출신 에티앙 피리에리Etienne Périer (1931~2020)이다.

감정의 혼란